Maisey Yates

El hombre con el que aprendió a amar

WITHDRAWN

♦ HARLEQUIN™

Editado por HARLEQUIN IBÉRICA, S.A.
Núñez de Balboa, 56
28001 Madrid

© 2011 Maisey Yates
© 2014 Harlequin Ibérica, S.A.
El hombre con el que aprendió a amar, n.º 2342 - 22.10.14
Título original: The Petrov Proposal
Publicada originalmente por Mills & Boon®, Ltd., Londres.

I.S.B.N.: 978-84-687-4740-8
Depósito legal: M-23655-2014
Editor responsable: Luis Pugni
Impresión en CPI (Barcelona)
Fecha impresion para Argentina: 20.4.15
Distribuidor exclusivo para España: LOGISTA
Distribuidor para México: CODIPLYRSA
Distribuidores para Argentina: interior, BERTRAN, S.A.C. Vélez
Sársfield, 1950. Cap. Fed./ Buenos Aires y Gran Buenos Aires,
VACCARO SÁNCHEZ y Cía, S.A.

Capítulo 1

AQUELLA voz siempre le ponía a Madeline el vello de punta. Después de llevar un año trabajando para Aleksei Petrov, el sorprendente efecto que el suave acento ruso de la voz de su jefe producía en ella debería haberse desvanecido.

No había sido así.

—Señorita Forrester —dijo. Su voz resonaba fuerte y clara a través del teléfono móvil y le provocaba un nudo en el estómago—, confío en que tenga todo preparado para esta noche.

Maddy examinó el salón de baile desde el lugar en el que se encontraba, justo en los escalones de entrada.

—Todo va como es debido. Las mesas están puestas, se ha terminado la decoración y la lista de invitados está confirmada.

—Tenía que comprobarlo, en especial después del incidente de la exposición de Diamantes Blancos.

Madeline se tensó, pero logró mantener la voz tranquila. Aquella era una de las ventajas, de las muchas ventajas, de tener un jefe al que nunca veía cara a cara. Mientras mantuviera la voz serena, su jefe no tenía por qué saber lo que ella sentía realmente. No podía ver la tensión de su rostro o de su cuerpo ni el modo en el que sus ojos expresaban sus estados de ánimo.

Madeline apretó tanto los puños que se clavó las uñas en las palmas de las manos.

–Yo no diría exactamente que eso fue un incidente. Se nos colaron algunas personas en la fiesta y consumieron unos platos que no estaban destinados a ellos. Sin embargo, lo resolvimos. Un par de invitados tuvieron que esperar su cena durante veinte minutos, pero eso no supuso un grave inconveniente para nadie.

Madeline no sabía que él se había enterado.

Aquel era el evento más importante del que ella se había ocupado para Petrova, el primer evento que había organizado desde que se mudó a Europa. Aleksei jamás había asistido a ninguna de las pequeñas exposiciones de las que ella se había ocupado en Estados Unidos. Él dirigía todos sus negocios desde Moscú y, en ocasiones, Milán. Así, reservaba su solicitada presencia para los eventos más esenciales, categoría a la que ciertamente pertenecía el evento que les ocupaba en aquellos momentos.

Su presencia iba a convertir aquel evento en una casa de locos. Muchas personas, tanto de la prensa como público en general, tratarían de colarse. Aleksei era un hombre de negocios brillante, un hombre de negocios que se había hecho a sí mismo y que había logrado transformar una pequeña empresa en el taller de joyería que producía las joyas más deseadas del mundo entero.

Como no era la clase de hombre que cortejara la atención de los medios, su éxito resultaba aún más fascinante para el público en general y para la prensa.

Además, aquella iba a ser también la primera vez que ella se encontrara cara a cara con su jefe. No sabía por qué, pero solo pensarlo le producía un nudo en el estómago.

–Estoy seguro de que los que tuvieron que esperar para cenar no pensaron lo mismo –comentó él secamente.

–El problema se produjo por la seguridad del evento, no por mi planificación. La seguridad de sus eventos no cae dentro de mi jurisdicción.

Una profunda carcajada resonó desde el otro lado de la línea telefónica.

–Su crueldad resulta siempre inspiradora, señorita Forrester.

¿Crueldad? Sí. Madeline tenía que reconocer que se había convertido en una persona un poco cruel. Sin embargo, amaba su trabajo, lo necesitaba y Aleksei esperaba siempre la perfección. Por lo tanto, no estaba dispuesta a cargar con los errores que hubiera cometido otro. Ciertamente, no había conseguido un ascenso en Petrova Gems cargando con los errores de los demás.

–Bien, he hablado con Jacob sobre las medidas de seguridad para esta noche y no creo que vayamos a tener más problemas.

–Me alegra saberlo.

–Estaba tratando de irritarme adrede, ¿verdad? –preguntó, realmente molesta.

Siempre era capaz de mantener la compostura con todo el mundo, pero Aleksei Petrov y su sensual y pecaminosa voz la turbaban más de lo que era capaz de soportar. Además, había algo sobre él... una razón más para alegrarse de que su relación laboral fuera a distancia.

–Tal vez. La habría despedido inmediatamente si pensara que es una incompetente, Madeline. Ciertamente, no la habría ascendido –dijo él.

Al escuchar su nombre en labios de Aleksei, el vello se le puso de punta una vez más.

–En ese caso, me tomaré mi nuevo puesto como un cumplido –replicó ella tratando de recuperar la compostura.

Había pasado mucho tiempo desde la última vez que había permitido que un hombre se convirtiera en una distracción. Había seguido hacia delante con su vida, con su profesión, sin mirar atrás para recordar la criatura insegura y vulnerable que había sido hacía cinco años. No iba a permitir que Aleksei, ni su voz, destruyeran lo que tanto se había esforzado por crear.

–Sin embargo, para esta noche todo está perfectamente organizado –dijo. Tenía ganas de volver a centrar la conversación en el tema debido. En una zona más segura para ella.

–Me alegra saberlo.

En ese momento, Madeline se dio cuenta de que ya no estaba escuchando la voz de Aleksei tan solo a través del teléfono. Era más profunda, más rica... Llevaba el ambiente del salón de baile a la perfección y le hacía sentirse acalorada y arrebolada.

Experimentó una extraña sensación en la nuca.

Se dio la vuelta y se encontró frente a frente con un amplio torso masculino cubierto por una camisa a medida perfectamente abotonada. Sin embargo, ni siquiera esa prenda lograba ocultar los perfectos y duros músculos que se hallaban debajo.

Tragó saliva y, de repente, notó que tenía la garganta muy seca. Las manos le temblaban. La sensual voz de su jefe se presentaba por fin con el cuerpo que la albergaba. Y él era más guapo de lo que Madeline podría haber anticipado nunca.

Había esperado que las fotografías que había visto de él hubieran podido reflejar simplemente sus mejores ángulos y que Aleksei Petrov no fuera tan apuesto como parecía ser. Sin embargo, ninguna de aquellas fotografías le hacía justicia. Era alto, corpulento, fuerte, muy por encima del metro ochenta de estatura. Su rostro era arrebatador. Cejas oscuras y bien definidas, mandíbula cuadrada. Ojos profundos, castaños y cautivadores, pero, a la vez, completamente inescrutables. Duro. Todo en él resultaba inflexible...

A excepción de sus labios. Parecía que se pudieran suavizar para besar a una mujer. Madeline se lamió sus propios labios como respuesta a aquel pensamiento. Entonces, se dio cuenta de que se encontraba frente a su jefe, mirándolo como una idiota. El hombre que firmaba sus nóminas.

Genial.

—Señor Petrov —dijo. Entonces, se dio cuenta de que aún tenía el teléfono contra la oreja. Lo retiró rápidamente y bajó la mano—. Yo...

—Señorita Forrester —repuso Aleksei extendiendo la mano.

Ella se sintió terriblemente agradecida de que él le recordara de aquella manera cuál era el comportamiento normal en esa situación. Parecía que todos sus pensamientos habían sido borrados por completo de su cabeza.

Levantó la mano y estrechó la de él. Aleksei le devolvió el gesto con un firme apretón, completamente masculino. Su piel era muy cálida... Madeline le soltó la mano y trató de mostrarse tranquila. Flexionó los dedos para tratar de conseguir que el tacto de su jefe se le desprendiera de la mano.

Entonces, miró por encima del hombro en dirección al hermoso salón de baile. Todo estaba preparado a excepción de las joyas, que no se podían colocar en las vitrinas hasta pocos minutos antes de que empezara el evento. Hasta que llegaran los guardias de seguridad.

—Espero que todo esté a su gusto —dijo. Sabía que así sería. Ella no hacía las cosas a medias. Si no estaba perfecto, no le valía.

–No está mal –replicó él.

Madeline se volvió para mirarlo.

–Espero que esté muy bien –repuso algo tensa.

–Puede pasar –repitió él con una sonrisa.

Madeline tuvo que enfrentarse con el deseo de seguir mirando aquella boca tan fascinante y el de darse la vuelta y marcharse de allí. Trató desesperadamente de recuperar el control. Si él no la hubiera sorprendido, no habría ocurrido nada de todo aquello. Si ella hubiera sabido que él se iba a presentar de aquel modo, si no tuviera el aspecto de un Adonis bronceado, Madeline estaría bien.

«Recuerda la última vez que permitiste que tu cuerpo llevara la iniciativa».

–Me alegro de que le guste –comentó. Deseó poder disponer de nuevo del teléfono para hablar con él para que Aleksei no pudiera ver sus reacciones y, sobre todo, para que ella no pudiera verlo a él.

Aleksei bajó los escalones. Ella esperó mientras él examinaba las mesas y las relucientes lámparas blancas que colgaban del techo.

–Trabaja muy duro para mí –dijo él por fin.

–Así es –respondió ella agradecida.

–Siempre me he preguntado por qué decidió trabajar para ganarse la vida. Su familia tiene suficiente dinero como para haberla mantenido.

Por supuesto, él lo sabía todo sobre la familia de Madeline. Efectivamente, tenían mucho dinero, pero hacía ya al menos diez años que sus padres no le hablaban. De niña, no la habían apoyado en lo más mínimo y, evidentemente, no lo iban a hacer cuando ella era ya una mujer adulta. Madeline tampoco soñaría en aceptar ni un solo penique de su hermano. Gage ya había hecho más que suficiente por ella. Madeline no iba a permitir que él cuidara de ella el resto de su vida, aunque Gage lo habría hecho de buen grado.

Al menos, él tenía ya una esposa e hijos que evitaran que Gage siguiera preocupándose por su hermana. Ella siempre le estaría agradecida por todo lo que había hecho por ella. Gage era capaz de dejarlo todo para ayudarla cada vez que ella tenía un problema. A Madeline no le gustaba aprovecharse de su hermano de aquella manera.

–La vida no me reportaría satisfacción alguna si tuviera que disfrutarla gracias al éxito de otros. Quería labrarme mi propio éxito y ganarme mi propia reputación.

Este hecho se había convertido en algo especialmente importante después de que su reputación se hubiera visto destruida por una indiscreción de juventud, de la que la prensa se hizo eco sin pudor alguno. Sin embargo, no sentía rencor hacia los medios de comunicación. Todo lo ocurrido había sido exclusivamente culpa suya. Ni siquiera podía atribuirle lo ocurrido a su antiguo jefe, por mucho que le hubiera gustado hacerlo.

El único consuelo que tenía era que todo se había olvidado rápidamente. Otro escándalo había captado la atención de reporteros y público. Sin embargo, en los círculos en los que ella se movía, el daño era irreparable.

–Pues lo ha hecho. ¿Cuántas personas han tratado de arrebatarme sus servicios en los últimos meses?

–Ocho –respondió ella con voz seca–. Yo no sabía que usted tuviera conocimiento de ese hecho.

Aleksei asintió y regresó a la escalera. A medida que él se acercaba, la tensión atenazaba más aún el estómago de Madeline.

–Me aseguro de saber lo que ocurre en mi empresa,

en especial cuando alguien tratar de robarme a uno de mis principales trabajadores.

–Los rechacé a todos. Me gusta el trabajo que hago para Petrova.

Su trabajo le permitía tomar parte en tareas creativas y prácticas. Tenía a su disposición un enorme presupuesto, viajes pagados, un descuento con los principales diseñadores de joyas de todo el mundo y, hasta aquel momento, nunca había tenido que tratar con su jefe, al menos en un sentido físico.

Además, su trabajo le proporcionaba notoriedad. Cada evento que ella coordinaba terminaba reflejado en algunas de las revistas de más tirada del mundo. Sin duda alguna, era un trabajo de ensueño.

Sin embargo, en aquellos momentos, Madeline sentía deseos de aceptar la primera oferta que le hicieran y salir corriendo.

No lo haría. Ella era muy fuerte. No iba a dejar que un sentimiento pasajero enturbiara su éxito de modo alguno. Ya era mayor y, por lo tanto, más experimentada. Un rostro atractivo y unas bonitas palabras no iban a descentrarla.

Aleksei permanecía de pie frente a ella, observándola intensamente con sus ojos oscuros. Madeline contuvo el aliento.

–Prefiero sentarme cerca de las vitrinas –dijo él señalando los expositores de cristal.

–Por supuesto.

Madeline había pensado sentar a Aleksei en la parte frontal del salón de baile. Sin embargo, él era el jefe y no cabía discusión alguna.

–¿Y será para usted... y su acompañante? –preguntó ella. Esperaba que él no hubiera cambiado de opinión en lo de llevar un acompañante. Así habría otra barrera más entre ellos. Una barrera que ella no debería necesitar, pero que, aparentemente, requería.

–No. Voy a asistir solo. Mi acompañante tuvo que cancelar su asistencia hace un par de semanas.

Madeline respiró profundamente.

–No hay problema –mintió.

Podía sentirse atraída por un hombre sin hacer nada al respecto. La atracción entre hombres y mujeres era algo habitual. Ocurría todos los días. Además, ni siquiera había razón alguna para creer que él pudiera sentirse atraído por ella. Aunque lo estuviera, no pensaba considerarlo. Aleksei Petrov era su jefe.

Sin embargo, eso mismo le había pasado antes y había terminado saliendo en titulares.

–¿Y la colección estará aquí? –preguntó él indicando las vitrinas vacías.

–Sí. Cuando vengan los guardias de seguridad, traeremos las gemas.

–Creo que debería mover las vitrinas hasta allí –replicó él señalando la zona que quedaba junto a la ventana.

Madeline había considerado colocarlas allí. El reflejo de las gemas contra el cristal cuando oscureciera daría un efecto maravilloso. Sin embargo, había cambiado de opinión por motivos de seguridad.

–No es tan seguro.

–Pero se verán mejor –insistió él.

Madeline apretó los dientes. Tendría que mover los expositores. Genial. Y todo ello tan solo cinco horas antes de que comenzara el evento.

Sonrió.

–Estoy de acuerdo con usted desde un punto de vista estético, pero el equipo de seguridad me ha dicho que resulta mucho más fácil controlarlo todo si las gemas no están cerca de puertas o ventanas.

–¿De qué sirve invertir todo este dinero en una exposición si las gemas no se muestran en todo su esplendor?

Madeline se contuvo. Estaba justo delante de él, no hablando por teléfono, por lo que no podía realizar gesto alguno. Por lo tanto, la sonrisa debía seguir en su sitio.

–Como le he dicho, por razones de seguridad...

Él se encogió de hombros.

–En ese caso, doblaremos la seguridad.

–¿A menos de cinco horas de que empiece la fiesta? –le preguntó ella. La sonrisa se le borró de los labios.

–¿Me está diciendo que no puede hacerlo? –replicó él frunciendo el ceño.

La pregunta tuvo el efecto esperado. Por supuesto, Madeline estaba segura de que él sabía que así iba a ser. Todo su ser respondió al desafío. El corazón le latía con más fuerza y la adrenalina alcanzaba cotas máximas. ¿Que no podía hacerlo? ¡Por supuesto que podía! Parte de su trabajo era conseguir que lo imposible fuera posible y que hacerlo pareciera muy fácil. Esa era la parte que más le gustaba, la que le hacía sentirse poderosa, ejerciendo el control de la situación.

Consiguió que la sonrisa reapareciera.

–Por supuesto que no es problema alguno, señor Petrov. Hablaré con Jacob y me encargaré de que así sea.

–Quiero que esta colección se muestre en todo su esplendor.

–Naturalmente, pero a mí me preocupaba que fueran todas piezas únicas.

Él soltó una seca carcajada.

–Soy consciente de ello, Madeline. Yo las creé.

–Creo que todo el mundo es consciente de eso –replicó ella. La tensión la estaba poniendo demasiado nerviosa. Tenía que relajarse.

Aquella era la primera colección que Aleksei había diseñado desde hacía seis años. Todas las demás colecciones que Petrova Gems había comercializado habían sido creadas por sus afamados diseñadores. Todas las piezas que diseñaba el propio Aleksei se vendían por millones de dólares en las subastas.

Eso se traducía en atención de los medios de comunicación. Las acreditaciones eran innumerables.

El trabajo suponía la seguridad de Madeline. El trabajo era donde se sentía segura, el lugar en el que destacaba. Sin embargo, aquello iba a ser mucho más importante que cualquier otra exposición de la que ella se hubiera ocupado antes. Desgraciadamente, la prensa y ella no tenían exactamente una buena relación. En realidad, creía que los reporteros la adoraban. Ella suponía jugosos titulares para sus periódicos. Era Madeline la que tenía un problema con ellos.

–Por supuesto que sí, Madeline. Y eso es por el diseño. Esto tiene que ver con los negocios, la publicidad, y eso se traduce en la atención de los medios. Eso significaba dinero. Mucho dinero. Y precisamente para eso estoy yo en el mundo de los negocios.

–¿De verdad quiere que los medios vengan en masa a la fiesta?

–Lo que quiero es publicidad –dijo él–. No me gastaría tanto en montar una exposición si no tuviera pensado que se hablara de ello en todos los medios de comunicación. No estoy organizando una fiesta para mi propio divertimento.

Ella se mordió el interior del labio inferior y forzó una sonrisa.

–Por supuesto que no, señor Petrov –comentó. Dudaba que Aleksei hiciera nada para divertirse.

Él se permitió mirar de nuevo a su coordinadora de

eventos. Estaba completamente seguro de que Madeline no se sentía muy contenta con él en aquellos momentos, pero se imaginó que ella se creía que lo estaba ocultando mejor de lo que lo estaba haciendo en realidad.

Siempre le había gustado su voz cuando hablaba con ella por teléfono. Era una voz profunda y muy sensual, aunque no intencionadamente. Incluso cuando ella estaba hablando de la necesidad de aumentar el presupuesto para un evento. Sin embargo, nunca se había imaginado que la mujer igualaría a la voz. Jamás lo hubiera creído posible.

Sin embargo, excedía la sensualidad que contenía su suave y cálida voz. Cabello castaño y ondulado que le caía en cascada hasta los hombros, ojos azules enmarcados por espesas pestañas. Su cuerpo era lo que le había desatado por completo la libido. Aunque fuera políticamente incorrecto, sus curvas le resultaban cautivadoras. Senos rotundos, esbelta cintura y redondeadas caderas que atraían la atención con su suave contoneo cada vez que caminaba. Madeline Forrester parecía ejercer un poderoso efecto sobre él, como si se tratara de un licor de alta graduación. Resultaba embriagadora.

Se metió la mano en el bolsillo y agarró con fuerza el teléfono móvil. De repente, deseó poder llamar a Olivia, no porque echara de menos a la mujer que había sido su amante hasta hacía unas pocas semanas, sino porque necesitaba algo que le ayudara a distraer su atención de Madeline. Olivia se había estado acercando demasiado. Se había empezado a preguntar por qué Aleksei solo quería verla para eventos especiales y para mantener relaciones sexuales con ella. Había comenzado a querer que él fuera a Milán solo para verla. En ese momento, fue cuando Aleksei se dio cuenta de que había llegado el momento de terminar con aquella relación. No conseguía satisfacción alguna hiriendo a las mujeres. Siempre dejaba muy claras desde el principio sus intenciones.

Lo que prefería era mantener a una amante circunstancial. Era mejor que salir los fines de semana a buscar una mujer diferente. Después de todo lo que había experimentado en sus treinta y tres años, se sentía demasiado viejo.

—¿Qué va a hacer esta noche? —le preguntó.

—Tengo la intención de hacer el trabajo por el que usted me paga y coordinar la exposición.

—Creía que ya habría terminado su trabajo.

—Lo importante, sí, pero me gusta asegurarme de que todo sale como es debido. No quiero que nadie se quede sin su cóctel de gambas, por ejemplo.

—Me parece bien que tenga que supervisar eso, pero no quiero que ande correteando por aquí con vaqueros y unos auriculares en la cabeza.

—Yo nunca hago eso.

—Bien. Me gusta que en esta clase de eventos todo ese tipo de cosas pasen desapercibidos. Lo único en lo que los invitados deberían fijarse es en las joyas.

—Le aseguro, señor Petrov, que esa también es mi intención.

—En ese caso, preferiría que se vistiera como si fuera a asistir a la fiesta en vez de como una empleada.

Se dio cuenta de que aquel comentario molestó a Madeline. El brillo de sus ojos contrastaba con la expresión serena y tranquila de su rostro.

—Había pensado en ponerme unos pantalones y una camisa negros, como el resto del personal de servicio.

—Usted no forma parte del personal de servicio. Usted trabaja directamente para Petrova Gems. Deseo que su atuendo refleje ese hecho.

Así era como él se ocupaba de sus asuntos. Impecablemente. En el mundo del diseño, la imagen era algo fundamental. No importaba nada más que lo externo. Mientras lo externo reluciera, nada más importaba.

–Debería disfrutar de la fiesta –añadió.

Madeline frunció los labios.

–Yo nunca mezclo los negocios con el placer.

–Ni yo. Prefiero que mis momentos de placer no se vean interrumpidos.

Madeline se sonrojó. Ese hecho sorprendió a Aleksei. No sabía que aún quedaran personas en el mundo que se pudieran sonrojar por un comentario tan casual.

–Con lo de disfrutar me refiero a charlar con los invitados, a escuchar las conversaciones, a descubrir qué es lo que más les gusta y lo que no les atrae. Otra razón para que su atuendo la ayude a relacionarse.

–¿Acaso tengo que realizar una encuesta de opiniones?

–No exactamente, pero siempre viene bien conocer las críticas para poder aprender de ellas.

Una extraña expresión se reflejó en el rostro de Madeline.

–¿Las críticas de los medios de comunicación?

–A veces.

–No quiero decir nada que no deba, señor Petrov, pero usted me ha contratado para coordinar sus eventos, por lo que...

–¿Quiere que confíe en usted en vez de darle órdenes?

Ella asintió.

–Lo siento –añadió él–. Efectivamente, la contraté para coordinar mis eventos, pero soy un perfeccionista. Por lo tanto, mientras yo esté aquí, me ocuparé de que todo se haga de acuerdo con lo que yo considero que debe hacerse.

Aquel comentario alteró a Madeline tanto que estuvo a punto de borrarle de nuevo la sonrisa del rostro.

–Le aseguro que yo hago todo como usted considera que debe hacerse, tanto si está aquí como si no.

–Eso ya lo veremos.

–En ese caso, si me perdona, tengo que ocuparme de algunos detalles de última hora, detalles que tienen que ver con cambiar los asientos y doblar la seguridad.

El tono gélido de su voz y el hecho de que ella se atreviera a hablarle de aquella manera le resultó a Aleksei muy divertido. Estaba acostumbrado a que todo el mundo se plegara inmediatamente a sus deseos, sin dudas ni reservas. Aquello era algo que siempre le había gustado de Madeline, incluso aunque solo había hablado con ella por teléfono. Le gustaba el hecho de que ella tuviera sus propias opiniones.

Se metió la mano en el bolsillo de nuevo y volvió a tocar el teléfono móvil. Podría llamar a Olivia. Podría llamar a muchas mujeres que le habían dado sus números de teléfono recientemente, números que había guardado pero que jamás había marcado.

Se inclinó sobre la balaustrada de la imponente escalinata de mármol y observó cómo Madeline avanzaba por el salón de baile con sus altos zapatos de tacón. Entonces, ella se dio la vuelta y miró por encima del hombro. Cuando vio que él la estaba observando, le dedicó una tensa sonrisa. No obstante, él notó la tensión que emanaba de su menudo cuerpo en oleadas palpables.

Comprendió que a Madeline le gustaba tener el control. Y a él también. Acababa de entrar en un dominio que le pertenecía a ella y le había arrebatado todo el control.

Soltó una pequeña carcajada y sacó su teléfono móvil. Tal vez sería mejor conseguir una acompañante para aquella velada. Madeline podía añadir otro cubierto tan fácilmente como lo había retirado. Se podría encontrar una mujer que le hiciera compañía aquella noche para poder olvidarse de la breve atracción que había experimentado al ver a Madeline por primera vez. No salía con sus empleadas y no tenía intención de comenzar una relación con una mujer tan joven como Madeline parecía ser.

En realidad, no tenía intención alguna de tener una relación.

Miró el teléfono y, entonces, se lo volvió a meter en el bolsillo.

Capítulo 2

ALEKSEI no tenía ninguna cita. Avanzó por el amplio vestíbulo con la sangre latiéndole con fuerza en las venas. No había llamado a nadie, ni siquiera a Olivia para ver si ella deseaba revivir brevemente la relación que habían tenido. Tampoco a ninguna de las hermosas modelos que se le habían insinuado a lo largo de los últimos meses.

No le había apetecido llamar a ninguna de ellas. La única mujer en la que había sido capaz de pensar era su coordinadora de eventos. La hermosa Madeline, con su reluciente cabello castaño y unas curvas que parecían salir directamente de la fantasía de cualquier hombre.

Resultaba fácil encontrar mujeres hermosas. Aleksei tenía dinero e influencias. Si quería tener compañía femenina, podía disfrutar de ella fácilmente.

Sin embargo, en aquellos momentos se dirigía hacia la habitación de Madeline. Sentía un irrefrenable deseo de volver a verla. Se estaba dejando llevar por aquella compulsión porque el deseo de algo era un sentimiento bastante desconocido para él y, sinceramente, se sentía fascinado.

Llamó a la puerta de la suite de Madeline, la suite que él le pagaba. Siempre se aseguraba de que sus empleados disfrutaran del mejor alojamiento cuando viajaban. No quería que nadie se quejara de no haber podido realizar su trabajo por no haber podido descansar bien.

Escuchó la voz de Madeleine a través de la gruesa puerta.

—Un momento...

Aleksei oyó que ella se asomaba a través de la mirilla de la puerta. Cuando abrió, su expresión era cautelosa.

—Señor Petrov, ¿ocurre algo?

—Nada —respondió él antes de entrar directamente en la suite.

Ella se dirigió hacia el lado opuesto de la habitación. Resultaba evidente lo incómoda que se encontraba. Madeline era una mujer delicada y menuda y, durante un instante, pareció tan perdida que él sintió algo parecido al instinto de protección en su pecho.

Natural. Madeline era joven. Debía de tener unos veinticinco años. Aleksei conocía muy bien lo que el mundo reservaba para los jóvenes. Sabía que había un dolor tan intenso, un dolor tan fuerte que, afortunadamente, la mayoría de la gente ni siquiera lograba imaginar. Aleksei sí. Él lo había sufrido.

La expresión de los ojos de Madeline era reservada. A pesar de todo, Aleksei vio en ellos una cautela, una dureza, que no concordaba con su edad. Tal vez ella no era tan ingenua como había imaginado. Tal vez ya conocía el lado oscuro de la vida.

Era una mujer joven, pero no había inocencia juvenil en su rostro. Ni rastro tampoco de ingenuidad. Parecía como si estuviera esperando descubrir lo que estaba a punto de desmoronarse a su alrededor.

Aleksei conocía muy bien ese sentimiento.

—He decidido que me gustaría tener acompañante para esta noche.

—Lo que significa que usted quiere que añada el cubierto que acaba de hacerme retirar para la acompañante que tenía, pero que luego no tenía y que se olvidó de comunicármelo.

—Algo parecido –dijo él con una carcajada–. Sin embargo, creo que usted podrá arreglarlo fácilmente.

—Bien, gracias.

—Madeline, me estaba preguntando si le gustaría sentarse a mi mesa.

Madeline sintió que el ácido le corroía el estómago. ¿Quería que ella fuera su acompañante? ¿Una especie de sustituta? Típico. A la mayoría de los hombres no les importara quién fuera una mujer mientras estuviera dispuesta y disponible.

Se mordió el labio. Ella no era ninguna de las dos cosas. Se negaba a que volvieran a aprovecharse de ella.

—En realidad, no me interesa actuar como su sustituta –repuso.

—No era eso lo que le estaba pidiendo. Es usted una mujer inteligente, Madeline. Y también ambiciosa. Eso no se me ha pasado por alto en ninguna de nuestras conversaciones. Pensé que le gustaría poder tener la oportunidad de sentarse en mi mesa y charlar con los invitados para aprender más de este mundo. Hay sitio en la mesa y pensé que le gustaría poder disfrutar de esa oportunidad.

En realidad, resultaba una oferta muy tentadora. Madeline se sentía muy atraída por la industria del diseño, lo que hacía que su trabajo fuera más agradable. Le encantaba todo lo referente a aquella empresa y había disfrutado mucho el año que llevaba trabajando allí.

Resultaba muy tentador porque podría darle la oportunidad de aprender más para poder conseguir otro puesto en Petrova. En realidad, aquello no formaba parte de su plan para los siguientes cinco años, pero sería muy interesante. Debería ser algo a tener en cuenta.

–Pero, en lo que se refiere al resto de las personas que estarán sentadas en esa mesa...

–Si quiere que la presente como mi acompañante para que no la traten como a una empleada, no tengo problema alguno al respecto.

La empleada. Efectivamente, las personas de aquel círculo la tratarían como a una ayudante si se enteraban de que era la coordinadora del evento. En realidad, no le importaba, pero no quería ser el centro de la conversación.

Se mordió el labio inferior y lo soltó rápidamente para no revelar su indecisión ni su nerviosismo. Ella no era una mujer indecisa ni nerviosa. Aquella era la oportunidad de progresar en su carrera un poco más.

Sin embargo, aquello le recordaba demasiado a cuando trabajó para William, el primer jefe que tuvo después de graduarse en la universidad, y todo lo que había ocurrido. Había sido tan increíblemente estúpida...

Se le hizo un nudo en el estómago.

Aquello era diferente.

Era diferente porque ella era diferente. Ya no era una muchacha ingenua que buscaba desesperadamente el amor y el afecto. Era una mujer. Conocía sus puntos fuertes y sabía cómo conseguir lo que deseaba. Nunca más se permitiría ser una víctima. Nunca más.

Definitivamente, no iba a permitir que los desastres del pasado impidieran que alcanzara el éxito.

Además, ya no era tan fácil seducirla. Aunque Aleksei fuera el hombre más guapo que recordara haber visto y aunque sus ojos oscuros prometieran que él seguramente sabía lo que hacer en la cama con una mujer.

Sintió que la piel se le caldeaba. Respiró profundamente para tratar de tranquilizarse. No le venía nada bien pensar en Aleksei de aquella manera. No importaba cómo pudiera comportarse él con una mujer porque ella jamás sería una de sus conquistas.

No quería serlo, por muy atractivo que él pudiera ser.

–Tenía algunas joyas preparadas para que mi acompañante las llevara esta noche antes de nuestra separación. Me gustaría que se las pusiera.

La idea le revolvió el estómago. No le gustaba pensar que iba a ponerse unas joyas que habían estado destinadas para otra mujer, a pesar de que no fuera su acompañante. Le recordaba demasiado a sucesos anteriores de su vida.

–No creo que vayan con mi bolso. Es de un color amarillo brillante –dijo para tratar de no ponerse las joyas–. Además, ya tengo un collar a juego.

Aleksei la miró atentamente. Sus ojos oscuros la observaban de un modo que hizo que Madeline se sintiera como si estuviera examinando su alma, como si estuviera escudriñando todos sus secretos.

–Tengo una joya que sería perfecta...

El modo en el que pronunció aquellas palabras era tan personal... Madeline sintió que se le encogía el corazón sin saber exactamente por qué.

–Como he dicho, soy muy estricta en mantener mi trabajo dentro de unos límites muy concretos.

–Y esto es trabajo –afirmó él–. Se trata de unas horas extra. Petrova Gems tiene que ver con el romance. Se trata de hacer que una mujer se sienta como si, además de una joya, estuviera comprando un estilo de vida, una fantasía. Necesitamos presentar una fantasía que vaya más allá de este lugar, de la decoración y de las joyas. Una fantasía que tiene que ver con la mujer, con cómo se siente ella con esas joyas y cómo estas hacen que el resto de las personas consideren a esa mujer. Mis joyas son para lucirse, no para ser exhibidas en una vitrina.

Madeline asintió lentamente.

–¿Está eso en un anuncio escrito o en la televisión? Porque debería estarlo.

Aleksei se echó a reír. El sonido que emitió fue raro, como si no estuviera acostumbrado.

–Tal vez lo utilice.

–Estoy pensando que estaría bien tener algo así escrito como de forma casual, casi oculta, en las vitrinas de la exposición...

–Me gusta esa idea –dijo él sonriendo.

¿Por qué Madeline sentía una cálida sensación en el estómago cuando él sonreía? En realidad, no se podía decir que aquel gesto fuera una sonrisa y ella no debería estar sintiendo nada. A Aleksei tan solo le gustaba su idea. Además, parecía que aquella noche iba a suponer un serio empujón en su carrera. ¿Quién no estaría feliz ante aquella perspectiva?

–Si quiere, le puedo mandar una estilista para que le ayude con su guardarropa.

–Tengo mi propio vestido. Gracias de todos modos.

Aleksei se acercó a ella sin dejar de mirarla a los ojos. Olía tan bien... No precisamente a colonia. Era un aroma limpio, masculino. Le hacía a Madeline desear acercarse más a él y aspirar profundamente.

No se había dado cuenta de que estaba demasiado sola... Solo se trataba de eso. De soledad. Llevaba demasiado tiempo sin ver a su hermano y a la familia de este, y no tenía muchos amigos. Solo deseaba sentirse cerca de alguien. Tal vez debería comprarse un gato...

–Es una mujer muy testaruda, Madeline...

–Me lo han dicho en más de una ocasión. ¿Acaso es malo?

–En absoluto. Aprecio esa cualidad, dado que es una que compartimos.

–Vaya, me alegro de que eso no vaya en mi contra.

Pareció que Aleksei se iba a acercar un poco más. El tiempo fue pasando lentamente. El ambiente se cargó entre ellos.

–En absoluto...

Entonces, Aleksei se dio la vuelta y se marchó. La puerta se cerró suavemente a sus espaldas. Maddy se desmoronó sobre el sofá. Acababa de darse cuenta de lo mucho que le temblaban las piernas.

Se dijo que no comprendía lo que acababa de ocurrir, pero sabía muy bien que eso no era cierto. Se sentía muy atraída por él, por un hombre que no era en absoluto diferente del resto, capaz de descartar a las mujeres sin remordimiento alguno.

No importaba lo atraída que ella se sintiera por él. En los últimos cinco años, se había sentido atraída por otros hombres en la distancia. Simplemente, no había hecho nada al respecto.

Se recogió las rodillas contra el pecho. Efectivamente, aquella atracción era una complicación, pero nada de lo que no pudiera ocuparse. Era una mujer adulta, no una ingenua jovencita. Podía controlar perfectamente aquella situación.

En cualquier caso, no tenía razón alguna para creer que Aleksei la considerara como algo más que una empleada muy eficiente. La invitación de aquella noche estaba relacionada exclusivamente con el trabajo.

Si él podía ceñirse al terreno profesional, ella también.

Madeline se miró en el espejo. Se mostró satisfecha de cómo se había arreglado. Muy satisfecha. Su maquillaje resultaba muy natural y hacía que sus ojos azules tuvieran un aspecto brillante y exótico. Se había recogido el cabello en una coleta muy alta, que le caía en cascada sobre el hombro.

Se volvió ligeramente y se miró la espalda desnuda, que quedaba al descubierto por el profundo escote en uve de su vestido negro. Había visto aquel vestido en un escaparate durante su primer día en Milán y no había sido capaz de resistirse.

Normalmente, no mostraba tanta piel porque, cuando iba a fiestas, casi siempre estaba trabajando. Jamás era una invitada. En realidad, no recordaba la última vez que se había vestido así. Le gustaba tener buen aspecto, pero siempre se arreglaba para trabajar, nunca para salir.

Lo único que le faltaba a su atuendo eran las joyas que Aleksei le había prometido, pero le daba la sensación de que no tardarían en llegar y que él mismo se las llevaría.

Al pensar en Aleksei Petrov, no pudo reprimir un ligero escalofrío. Sacudió la cabeza. No debería estar pensando en él como algo más que su jefe. Por supuesto, eso le había resultado mucho más fácil antes, cuando aún no lo había visto en carne y hueso.

Cuando oyó que alguien llamaba a la puerta, supo inmediatamente de quién se trataba. Agarró su bolso de mano de color amarillo y se preparó.

—Entre —dijo, esperando sonar como la mujer profesional y segura de sí misma que era. Al menos, lo había sido hasta hacía un par de horas.

La puerta se abrió y ella se dio la vuelta. Sin que pudiera evitarlo, se le cortó la respiración y el rostro se le ruborizó. ¿Cómo podía él afectarla de aquella manera y que fuera tan evidente? Se arrepintió de no haber tenido citas o incluso alguna aventura después de lo ocurrido con William. Había vivido como una monja y todo aquello estaba empezando a pasarle factura.

–¿Le parece bien esto? –le preguntó.

El modo en el que él la miró le hizo arder de la cabeza a los pies.

–No está mal... Te he traído tus joyas –anunció mientras le ofrecía un elegante estuche de terciopelo.

–Pensé que haría que me trajera las joyas alguno de sus empleados...

–Envío a otro a ocuparse de hacer el trabajo sucio, no de los asuntos más agradables –replicó él con una sonrisa mientras se dirigía hacia el lugar donde Madeline lo esperaba.

Abrió el estuche y sacó un par de pendientes de diamantes. Tenían un diamante amarillo en el centro, rodeado de pequeños diamantes blancos. La talla y la claridad de las gemas era impecable. El diseño limpio, pero muy elegante.

–Son preciosos –dijo ella tocándolos ligeramente–. Es usted un verdadero artista.

–Se venden muy bien –respondió él. Tenía una expresión dura en el rostro y los ojos completamente inexpresivos.

–Pero, seguro que hay mucho más que eso...

–No. Se trata de un negocio. No hay nada más.

Madeline no sabía por qué, pero aquella afirmación fría y casi cruel resultaba muy triste, en especial cuando se había hecho sobre algo tan hermoso. A ella le encantaban las joyas de Aleksei. Había en ellas mucho más que la simple estética. O tal vez no.

Observó el rostro inescrutable de Aleksei y se lo preguntó. Él mismo era duro y cruel. Tal vez era cierto que solo le importaba el dinero. No debería preocuparle. No debería sentir nada por su jefe. Lo único que debería importarle era que él fuera capaz de ganar dinero.

Extendió la mano y tomó el estuche. Entonces, lo colocó encima de la cómoda y se inclinó para ponerse el primer pendiente. Levantó los ojos y estos se fundieron con los de él a través del reflejo del espejo. Madeline volvió a ver la pasión reflejada en sus ojos y la sintió en el vientre. Era una sensación imposible de ignorar.

Volvió a centrar su atención en el estuche y se tomó más tiempo del absolutamente necesario en ponerse el segundo pendiente.

–Muy hermosa –dijo él mientras se acercaba a ella.

Aleksei estaba a sus espaldas, tan cerca que Madeline podía sentir el calor que emanaba de su cuerpo. Su masculino aroma, el que llevaba todo el día atormentándola, la envolvió.

Él levantó la mano y le tocó uno de los pendientes.

–Esto es lo que más me gusta de trabajar con joyas –comentó–. Por sí misma, una piedra preciosa resulta hermosa. Con el engarce adecuado y tallada a la perfección, lo es aún más. Sin embargo, cuando esa joya se la pone una mujer hermosa, es cuando realmente brilla.

Madeline comenzó a experimentar una sensación demasiado familiar, un ansia, una necesidad que empezó a crecerle en el vientre. Hermosa. Había dicho que ella era hermosa. Madeline deseaba oír aún más. Quería gozar con sus atenciones, con sus hermosas palabras. Sentirse importante y especial.

No.

Se había dejado llevar por aquella necesidad antes. Habían hecho falta años de soledad para hacerla de nuevo vulnerable a un hombre que sabía pronunciar hermosas palabras y que le ofrecía lo que más ansiaba en la vida. Al menos, eso era lo que William había fingido ofrecerle.

Se dio la vuelta y se dio cuenta de su error, pero ya

era demasiado tarde. Sus senos rozaban su torso. Tuvo que agarrarse a la cómoda para no perder el equilibrio.

Forzó una sonrisa.

–Qué bonito... Otra frase digna de campaña publicitaria... –dijo. Rodeó a Aleksei y se apartó un poco de él para poder volver a respirar–. Deberíamos... Yo debería... Usted puede hacer lo que quiera, por supuesto, pero yo debería bajar. Tengo que comprobar algunos detalles de última hora.

Aleksei asintió. Sonreía ligeramente.

–Por supuesto. Vamos a ver si esta fiesta es tan perfecta como me has prometido que sería.

Capítulo 3

LAS fiestas extravagantes y los lujosos decorados eran, casi literalmente, un acontecimiento diario para Maddy. Sin embargo, ella nunca trabajaba de cara al público. Su trabajo era coordinar, planear y dirigir. En los eventos que organizaba, era invisible.

Aquella noche, por el contrario, se sentía completamente visible.

Todos los invitados la observaban, aunque Madeline sabía que no se estaban fijando en ella, sino en las joyas que llevaba puestas. Y Aleksei, que caminaba junto a ella. Él exudaba una misteriosa sensualidad. Peligro y atractivo al máximo en un esmoquin hecho a medida. Las mujeres se morían por poder verlo más de cerca. O a las joyas. Lo dudaba, pero podía ser.

El rostro de Aleksei permanecía impasible mientras recorrían el salón, rodeado por un halo de poder y carisma. Ciertamente, no se estaba esforzando en lo más mínimo por saludar a los presentes.

—Podría sonreír un poco —le susurró ella.

—¿Por qué? —replicó él.

—Bueno, es lo que se suele hacer. Hay que ser agradable.

—No sabía que había que ser amable...

—Pero usted es un hombre de negocios —le recordó ella—. Para vender su producto se tiene que vender usted.

Aleksei giro la cabeza para mirarla y levantó las cejas.

–Pero supongo que eso ya lo sabe.

A Madeline no le gustaba el hecho de que pareciera que no podía dejar de decir tonterías cuando estaba con él. Por teléfono, podía relacionarse con él a la perfección. Sin embargo, en persona, resultaba imposible ignorarle.

–Tanto si yo sonrío como si no, las joyas se van a vender de todos modos –dijo él.

–Sí, bueno, estoy segura, pero...

–Y, de todos modos, si les das a las personas todo lo que quieren, pierden interés. Es mejor dejarles con un poco de misterio.

Efectivamente, así llevaba su vida. No se conocía mucho de su vida privada. No había escándalos ni información alguna sobre las mujeres con las que salía. Nada, lo que parecía casi imposible teniendo en cuenta la voracidad de la prensa por los problemas de los demás.

–Si la prensa le permite un poco de misterio, supongo que es una elección muy acertada –dijo ella apartando la mirada.

Miró a su alrededor. De repente, sintió claustrofobia. Estaba acostumbrada a aquellos eventos, pero siempre vistos desde fuera. Ser una empleada significaba que ella podía mantenerse al margen. Ser invitada, además de acompañante de Aleksei, suponía recibir una atención que ella prefería no tener.

Maddy nunca había sabido qué hacer con la atención, dado que nunca había recibido mucha. Esa situación había empeorado después de la etapa que pasó, muy a su pesar, en el candelero.

De algún modo, se había sentido mejor dado que

Aleksei parecía pensar lo mismo. Sentía que él se tensaba a su lado. Tenía la mano rígida contra la espalda de Madeline. Cuando ella lo miró, notó una cierta tensión en su rostro. Él parecía centrado en la mesa a la que se dirigían y que ya estaba medio ocupada por los invitados que tenían adjudicado en ella su asiento.

Aleksei no quería sentarse a la mesa. Fue entonces cuando ella se percató de algo referente a su jefe. Aleksei se sentía tan incómodo como ella. Lo ocultaba muy bien, pero Madeline notaba perfectamente su incomodidad.

Al llegar a la mesa, sonrió a las personas que ya estaban sentadas antes de retirar la silla de Madeline para que ella pudiera sentarse. Parecía controlar la situación perfectamente. No se le notaba su incomodidad, pero Madeline sí que podía sentirla. Su cuerpo estaba rígido y la mandíbula apretada a pesar de que no dejaba de sonreír.

Cuando se sentó por fin junto a ella y colocó la mano sobre el blanco mantel de lino, Madeline se dejó llevar por el instinto y colocó su mano delicadamente sobre la de él. Con aquel gesto, pretendía ofrecerle consuelo. Un vínculo. Terminó siendo mucho más que eso.

Una fuerte sensación le subió por la palma de la mano y se extendió por todo el brazo para llegarle al pecho y sobresaltarle el corazón. Entonces, apartó la mano lentamente y, esperaba, de un modo casual.

Miró el plato vacío que tenía delante y esperó que nadie pudiera escuchar lo fuertemente que le latía el corazón. No sabía por qué había hecho aquel gesto. Ella no era una persona demasiado táctil. La mayor parte de su vida, había carecido de contacto físico y, como resultado, jamás había sido demasiado afectuosa. En realidad, jamás se le había dado la oportunidad de serlo.

Por eso, no tenía ni idea de por qué, de repente, tocarle le parecía lo más natural del mundo.

Aleksei sintió el calor que emanaba del contacto de la mano de Madeline, pero, aún más, el consuelo que ella le ofrecía con aquel gesto. Tragó saliva y apretó el puño. Entonces, centró su atención en la mujer que le estaba hablando.

–Señor Petrov, me alegro mucho de verlo aquí.

–Resulta tan emocionante poder ver su nueva colección –ronroneó otra invitada.

Aleksei comenzó a hablar de la colección, de las piezas que la formaban. Sin embargo, no podía dejar de pensar en el contacto de la mano de Madeline. Apretó los dientes. Le recordaba a acontecimientos pasados ya hacía mucho tiempo. Contactos afectuosos. Contactos que eran mucho más que sexo. Un vínculo que iba más allá de los cuerpos.

Decidió olvidarse de aquella parte de sus recuerdos. Esa parte de su vida había desaparecido para siempre. Paulina ya no formaba parte de su vida. Cualquier vínculo que hubiera podido imaginar entre Madeline y él era simplemente eso. Producto de su imaginación. No podía ni quería dar o recibir nada de nadie.

Maddy se plegó las manos sobre el regazo. La palma de la mano aún le ardía. Observó a Aleksei charlando con sus invitados. Se mostraba muy seguro de sí mismo cuando hablaba sobre su trabajo. Ella sabía que tenía pasión por lo que hacía. Lo había notado cuando hablaban por teléfono y discutían sobre las exposiciones y los eventos. Sin embargo, en aquellos momentos no había nada. Era un maestro en crear y mantener las distancias, en controlar sus interacciones con las personas. Madeline deseó poder aprender esa habilidad.

Cada vez que él la tocaba por accidente, el brazo le

ardía hasta el hombro. No pasaría mucho tiempo antes de que ella perdiera la compostura con tanto sobresalto.

–Creo que necesito salir a tomar un poco de aire –dijo ella suavemente cuando los camareros retiraron los platos.

También necesitaba comprobar algunas cosas y no quería que los presentes supieran que ella era una empleada más. Resultaría interesante que ella estuviera sentada con Aleksei, y no quería ser interesante. No quería ser memorable. No quería estar en titulares a la mañana siguiente.

Se levantó y se dirigió a las mesas del bufé. Se dio cuenta de que faltaba cóctel de gambas. Se había imaginado que ocurriría algo así.

En vez de ir a buscar a un camarero para que se ocupara de aquel asunto, rodeó el salón de baile y salió al largo pasillo vacío que había justo en el exterior. Allí, respiró de alivio y se apoyó contra la pared. Notó el frío del mármol contra la espalda, pero lo necesitaba. Necesitaba cualquier cosa que le ayudara a apagar la llama que Aleksei parecía haber encendido dentro de ella.

–¿Te encuentras bien?

Madeline giró la cabeza y vio a Aleksei a pocos pasos de ella.

–¿Acaso no te gusta el bullicio de la gente? –le preguntó.

–A usted no le gustan las fiestas.

Aleksei se encogió de hombros y se acercó a ella.

–Creo que eso es evidente. Si me gustaran, asistiría a fiestas más frecuentemente.

–Pero todo el mundo quiere hablar con usted...

–Sí, porque todo el mundo quiere un trozo de riqueza y de poder. Si yo fuera uno de los camareros, ¿crees que alguien querría hablar conmigo?

–Habiendo pasado los últimos años trabajando en eventos, le puedo decir sinceramente que no. Nadie querría hablar con usted.

Aleksei se colocó frente a ella. Tenía un aspecto tan peligroso y atractivo... Era como una invitación a todos los pecados que ella se estaba esforzando tanto por no volver a cometer.

–Entonces, ¿por qué debería importarme que la gente quiera hablar conmigo cuando lo único que les importa es quién soy y lo que yo puedo hacer por ellos?

Madeline se miró los zapatos amarillos y admiró el modo en el que las tiras de cuero se entrelazaban unas con las otras. Era mejor que admirar a su jefe...

–Supongo que, si lo pone así, no importa.

Aleksei miró por encima del hombro hacia la puerta del salón de baile.

–Sencillamente, no tengo paciencia para esta clase de eventos, al menos no con frecuencia. Sin embargo, es parte de este negocio.

–Lo comprendo.

–Veo que tu trabajo también es lo primero para ti –dijo él–. Veo que te lo tomas muy seriamente.

–Tener un trabajo es importante, necesario. Tener un buen trabajo es maravilloso. Y tener un trabajo que adoro resulta increíblemente satisfactorio, por lo que sí, mi trabajo es lo primero para mí.

–¿Te gusta la publicidad?

Resultaba agradable ver su nombre en una revista sin connotaciones burlonas o escandalosas. Ver su nombre asociado con algo de lo que se sentía orgullosa era maravilloso. No obstante, esperaba que la gente pensara que era una Madeline Forrester completamente diferente. Sinceramente, esperaba que nadie se acordara de las historias que habían salido publicadas sobre ella en el pasado.

–Sí, es muy buena para mi reputación profesional.

–¿Por qué trabajar tan duro para construirte una reputación pública? A menos, claro está, que estés pensando crear tu propio negocio...

–Tal vez sea así en un futuro, pero ahora no –dijo ella. Inmediatamente, se dio cuenta de que no debería haber dicho eso–. Es decir, tal vez dentro de diez años...

–¿Acaso estás pensando en dejar Petrova? –le preguntó él frunciendo el ceño.

–No estoy pensando nada. De verdad. Bueno, tal vez. ¿De verdad espera que yo vaya a trabajar para usted el resto de mi vida? Tengo ambición.

–¿Y qué tiene de malo trabajar para mí?

–Nada, pero ¿querría usted ser el empleado de otra persona durante el resto de su vida?

–Eso es diferente.

–No, no lo es.

–Pensaba que tú eras la mejor en tu trabajo, de modo que, o estás deseando entregar Petrova Gems a alguien que solo es capaz de hacer un trabajo inferior o me has mentido sobre tus habilidades.

Madeline entornó los ojos y se apartó de la pared. Por un momento, no les importó que aquel gesto los acercara un poco más.

–Yo soy la mejor. Tal vez usted pueda contratar a mi empresa para organizar sus eventos y sus exposiciones.

–¿Tu plan es crear tu propia empresa para organizar eventos?

–Así es.

–¿Crees que podrías con la responsabilidad de dirigir tu propia empresa? –le preguntó él.

–Tengo un título de Empresariales.

–Un título no significa nada. O se tiene lo que hace falta para alcanzar el éxito o no se tiene.

–Qué inspiradoras palabras –replicó ella–. Debería dar conferencias para los alumnos que están a punto de graduarse en el instituto.

Aleksei se echó a reír. El ingenio y la valentía de Madeline siempre lograban impresionarle. El hecho de que ella tenía sus propias opiniones y su propio punto de vista era una de las razones por las que la había contratado.

Siempre había disfrutado de esas características en sus conversaciones telefónicas. Resultaba agradable tener a alguien con quien enzarzarse en una batalla verbal cuando estaba de mal humor o cuando simplemente necesitaba el desafío. Muy pocas personas se atrevían a hablar con él del modo en el que lo hacía Madeline.

–¿Sabes una cosa? Lo había pensado. Pero no les gusta cuando les dicen que se salten la universidad y se pongan a trabajar.

–¿Fue eso lo que hizo usted?

La universidad siempre había sido una fantasía para Aleksei. Ni siquiera había podido terminar la educación secundaria. Siempre había tenido que trabajar, pero no se arrepentía de ello. Lo había convertido en una persona lo suficientemente dura como para soportar la lucha que se requería para tener éxito. Había habido un punto de luz en su vida y, entonces, la tragedia había extinguido la única luz que él había conocido y le había dejado heridas que se habían convertido en cicatrices duras como el granito.

–Yo no tuve otra opción, pero tampoco la necesité.

Madeline se mordió el labio inferior. Aleksei se contuvo para no extender la mano y aliviar con el pulgar las marcas que ella se había dejado.

–Mi hermano me obligó a ir a la universidad.

–¿Tu hermano?

–Él... él es un hombre de mucho éxito y quería asegurarse de que yo también lo fuera.

Vio que Madeline no quería seguir hablando, pero él quería saber más. No sabía por qué sentía deseos de averiguar sus secretos. Tampoco sabía qué era lo que le había hecho seguirla hasta el pasillo, pero, en el momento en el que vio cómo su menuda figura se había pasado entre las mesas, empezó a seguirla.

–Entonces, tu hermano es el que se aseguró que fueras a la universidad.

–Sí. Él también fue. Es dueño de una importante cadena de resorts turísticos de mucho éxito. Por lo tanto, yo no creo que un título universitario no valga nada.

–Creo que sé quién es tu hermano...

–Estoy segura de ello –afirmó ella sonrojándose–. Es un empresario de mucho éxito. Toda mi familia lo ha sido.

–¿Y tú necesitabas seguir sus pasos?

–Tal vez solo necesitaba ser más famosa que ellos –comentó ella con una ligera sonrisa.

–De algún modo, no me pareces ese tipo de persona.

–¿No?

–No. Prácticamente saliste corriendo del salón de baile, por lo que no me parece que estés tratando de hacerte famosa.

–Está bien. Tal vez no tenga que ver con la fama. Solo quiero disfrutar de mi propio éxito.

Madeline sacó la lengua para lamerse el labio inferior. Aleksei no pudo evitar observarla ni imaginarse cómo sería tocar aquella maravillosa boca con sus propios labios.

Madeline era una mujer muy deseable y hacía mucho tiempo que él no tenía relaciones sexuales. Había dejado a Olivia durante más de cinco meses en Milán antes de terminar la relación.

–Ambición –dijo él.

Ella lo miró con los ojos abiertos de par en par.

–¿Y qué es la vida sin un objetivo?

–Aburrida –respondió él.

–Exactamente.

Aleksei se acercó a ella un poco más, tanto que pudo oler su aroma de mujer bajo el perfume de flores.

–En ese caso, nos parecemos en nuestras formas de pensar.

–Que raro... –susurró ella retirándose ligeramente de él–. Bueno, tal vez usted debería atender a sus invitados y yo... Yo tengo que... las gambas.

–¿Las gambas?

–El bufé. Se está acabando el cóctel de gambas.

–En ese caso, dejaré que te ocupes de eso. Yo me ocuparé de mis invitados.

Madeline se apartó de él. Las suaves curvas de su cuerpo rozaron el de él. El cuerpo de Aleksei reaccionó visceralmente.

Era una pena que hubiera decidido cortar la relación con su amante. Una pena que no hubiera llamado a alguna de las modelos o que hubiera seducido a alguna de las invitadas. Su cuerpo se rebeló ante aquel pensamiento. De todos modos, Olivia no era la mujer que deseaba, como tampoco lo eran las mujeres que había en el salón de baile, al menos aquella noche...

–¿No va a...? Creía que iba a...

–Sí. Iba a ocuparme de mis invitados. ¿Acaso me estás diciendo lo que tengo que hacer?

–En absoluto.

–Porque te aseguro que es mal asunto decirle a tu jefe lo que tiene que hacer.

Aleksei se acercó a ella, tanto que lo único que hubiera tenido que hacer para poder besarla era rodearle la cintura con un brazo.

—Estoy segura de que también es mal asunto quedarse sola en un pasillo vacío con su jefe —repuso ella. No podía apartar la mirada de los labios de Aleksei, que parecían hipnotizarla.

—Seguramente...

—Muy mal asunto... —dijo ella suavemente antes de darse la vuelta y alejarse de él.

—Hablaremos pronto, Madeline.

Ella se dio la vuelta y se dirigió a la cocina. El corazón le latía con fuerza en el pecho. Resultaba desconcertante darse cuenta de que era una mujer tan débil, de que los hombres eran su debilidad. No sentía la tentación mientras los evitara, pero en cuanto se encontraba cerca de uno...

Apoyó la mano sobre la pared y trató de tranquilizarse. No. Los hombres no eran su debilidad. Acababa de darse cuenta de que sufría de una severa privación sexual, algo de lo que no había sido consciente hasta que hubo un hombre atractivo a su alrededor.

Muy pronto, las cosas volverían a ser como antes. Volverían a comunicarse por teléfono y por correo electrónico. Ella estaría libre del turbador efecto que su jefe tenía en ella cuando estaban juntos en la misma sala.

No tendría que enfrentarse a la debilidad que aún habitaba dentro de ella.

Capítulo 4

CADA vez que Maddy veía un titular positivo para ella, le ayudaba a librarse de parte de la amargura que le había provocado su experiencia con los medios de comunicación cinco años antes. Aquella mañana, tenía un fantástico titular que contemplar.

La fiesta había sido un éxito rotundo. Las joyas de la colección de Aleksei se consideraban ya lo más deseable del año. Por supuesto, la mayoría de la gente solo se podría permitir las piezas menos exclusivas, no las que estaban hechas a mano. Estas se venderían por más de un millón de dólares en subasta cuando terminaran las exposiciones.

Su teléfono móvil comenzó a sonar.

—Madeline Forrester.

—Muy buen trabajo anoche, Madeline.

—Gracias, señor Petrov —susurró ella. Se miró en el espejo que había sobre la cómoda y vio que se había sonrojado.

—¿Ya te estás preparando para marcharte a Suiza?

—Mi tren no sale hasta las dos. El salón de baile del Appenzell es seguramente dos veces más grande que el de aquí, por lo que necesito ponerme manos a la obra enseguida.

—¿Por qué no te vienes conmigo en vez de tomar el tren de las dos?

—¿Con usted?

–Yo me marcho a mediodía y tengo un coche reservado para hacerlo. Es mejor eso que ir en un taxi, creo yo.

Maddy volvió a mirarse en el espejo y se avergonzó del color que tenía en la cara y del brillo que le iluminaba los ojos. Estaba emocionada por volver a verlo. En cualquier caso, no pensaba marcharse con él. No quería pasar más tiempo con él de lo que fuera necesario, al menos hasta que lograra serenarse.

–Así podremos hablar un poco más sobre dónde piensas estar dentro de diez años en tu profesión y en cómo podríamos hacer encajar tus objetivos en un puesto en Petrova.

De repente, marcharse en el coche de Aleksei le pareció a Madeline una imperiosa necesidad. Si no lo hacía, si dejaba que la atracción que sentía por él dañara su carrera, iba a sentirse muy mal.

No iba a permitir que el miedo y la inseguridad la refrenaran en su vida profesional.

–Excelente, ¿a qué hora quiere que me reúna con usted?

–Reúnete conmigo en el vestíbulo a las once y así podremos compartir el coche para ir a la estación.

–Genial. Hasta luego entonces.

Cuando Maddy colgó el teléfono y lo volvió a dejar sobre la cómoda, se dio cuenta de la fuerza con la que lo había estado agarrando y sujetando contra la oreja.

Una oleada de excitación se apoderó de ella. Seguramente tenía que ver con la posibilidad de un ascenso. Por supuesto, no tenía nada que ver con volver a ver a Aleksei.

Apretó los dientes y se dispuso a terminar de preparar su maleta.

Claro que tenía que ver con la posibilidad de volver a ver a Aleksei. Tenía que ser sincera. Sin embargo, ella no quería que tuviera nada que ver con él. No quería sentir curiosidad sobre la clase de hombre que era o sobre el aspecto que podría tener sin uno de sus impecables trajes. El hecho de que estuviera pensando en él sin ropa le hacía sentir... le hacía sentir...

El hecho de desearlo, de sentirse atraída por él, le hacía sentirse impura en cierta manera. Deseó poder ignorar el sexo. Como en general lo ignoraba, la solución sería seguir por ese camino.

Cerró la maleta y se terminó de preparar. No podía permitirse el lujo de quedarse allí, pensando en sus propios asuntos. Tenía que seguir con su vida. Así llevaba viviendo desde el día en el que cumplió los veintidós años y así lo seguiría haciendo.

Ella no iba a permitir que sus errores le impidieran progresar. Había trabajado mucho para llegar donde estaba. Después de su caída pública, había tenido que realizar los peores trabajos para poderse crear un currículum lo suficientemente impresionante como para que la contrataran en la filial de Petrova en América del Norte. Se había esforzado mucho para que la ascendieran y para que la trasladaran a las oficinas de Milán hacía un par de meses. Ya no pensaba detenerse. No iba a permitir que nada, y mucho menos la atracción por su jefe, le impidiera alcanzar un trabajo que encajara con su potencial en Petrova Gems.

Si eso significaba que tenía que sentarse frente a Aleksei Petrov y charlar con él mientras trataba desesperadamente de no imaginarse acariciándole el rostro, lo haría sin dudarlo.

Aleksei no estaba en el vestíbulo para recibirla, lo que le supuso un profundo alivio. Su chófer la estaba esperando y le comunicó lo mucho que Aleksei lamentaba tener un asunto del que ocuparse en una de las salas de exposición de Milán. Este alivio fue temporal, dado que él se reuniría con ella en la estación de tren.

Cuando llegaron a la estación, el chófer la acompañó al vagón privado de Aleksei. Era un espacio grande y luminoso, con lujosos sofás y una mesa puesta para almorzar. El techo estaba pintado de azul y los amplios ventanales tenían marcos dorados y estaban diseñados para permitir que los pasajeros disfrutaran de una maravillosa vista de los lugares por los que pasaran.

No tenía nada que ver con viajar en un vagón público. La única pega era que lo tenía que compartir con Aleksei.

—Me alegra que hayas llegado a tiempo —dijo él a sus espaldas.

Maddy se sobresaltó y se dio la vuelta.

—Tu chófer ha sido muy amable.

—Me alegro. Te ruego que me perdones por no haber podido venir contigo.

—No tienes que disculparte.

—Lo sé.

—Impecables modales.

—A veces... ¿Te gustaría sentarte? —le preguntó él mientras le indicaba un enorme sofá color crema que se extendía por gran parte del vagón.

Maddy dejó su equipaje en el suelo y se sentó. Sí, podría acostumbrarse fácilmente a aquello...

—¿Te apetece un café? —le preguntó él.

—Siempre.

Aleksei apretó un botón que había junto a la puerta y habló rápidamente en italiano. Maddy vivía en Milán desde hacía dos meses, pero le faltaba mucho para dominar el idioma. Aleksei hablaba al menos tres idiomas.

Se sentó frente a ella en uno de los sillones de cuero.

–Bien, ¿qué tiene esto que ver con las oportunidades de trabajo? –le preguntó.

–¿En qué estarías interesada?

–¿Te refieres a qué es lo que quiero hacer?

–Sí, Madeline. Tú eres la que tiene un proyecto a largo plazo. ¿Qué necesitarías para sentirte satisfecha en Petrova Gems dentro de diez años?

Aleksei se reclinó contra el respaldo del sillón y estiró las piernas. Maddy se fijó en el modo en el que los pantalones se le ceñían a los fuertes muslos. Su constitución era perfecta. Era, sin duda, el hombre más guapo que ella había visto nunca. Cabello oscuro, piel olivácea, labios sensuales...

La puerta del compartimento privado se abrió. Un camarero entró con un carrito sobre el que había café, leche y un surtido de bollería. Maddy le dio las gracias y comenzó a prepararse su café.

–Entonces... ¿estamos hablando de cualquier cosa que yo quiera? –le preguntó ella tras reclinarse también en el sofá.

–Todo es hipotético, pero tiene la posibilidad de ser algo más.

Maddy sintió que se sonrojaba. Dio un sorbo a su café.

–Bueno, me gusta el aspecto artístico de la organización de eventos. Me gustan también los eventos pequeños, como tratar con las galerías de arte y los museos. Sin embargo, me encantan los aspectos de marketing. Tengo un título en Empresariales, pero también un diploma en Publicidad y Mercadotecnia. Esa parte del negocio me resulta muy interesante.

–Si yo te pasara a marketing, ¿te quedarías?

–Hipotéticamente, eso también podría hacerlo yo con mi propia empresa.

–Pero no para mí. Yo no tengo por costumbre contratar empresas externas. Me gusta trabajar con mis empleados, porque así controlo la situación todo lo posible.

Maddy lo comprendía, pero sonaba peor de lo que realmente era cuando él lo decía. Era un buen jefe, sobre todo cuando estaba lejos...

–Con tu empresa... careces de seguridad en el trabajo. En realidad, de seguridad en todos los sentidos. Es un campo muy competitivo. Al menos, lo es si quieres tener éxito y alejarte de la mediocridad, algo que asumo que es lo que quieres tú.

–Por supuesto.

–En cualquier caso, seguir trabajando en Petrova es mejor opción.

Maddy dejó la taza sobre el carrito.

–Entonces, ¿quieres que siga trabajando para ti?

–Eres una empleada muy valiosa, Madeline.

Maddy se sintió muy orgullosa al escuchar aquellas palabras. Sentirse apreciada era una sensación desconocida para ella en muchos sentidos. Durante un instante, se limitó a disfrutarlo y no a protegerse de sus sentimientos. Había aprendido a filtrar las cosas buenas y malas, a protegerse. Sin embargo, se permitió disfrutar aquel momento. Aleksei Petrov estaba tratando de conseguir que siguiera trabajando para él. Disfrutó de la sensación de verse querida. Necesitada. Se sentía muy bien.

–Gracias.

–Llevo el tiempo suficiente siendo dueño de mi empresa como para saber que, por muy bien que yo haga mi trabajo, si no me rodean empleados que estén comprometidos con la empresa y que tengan capacidad suficiente, el verdadero éxito jamás será posible.

Resultaba muy raro tener un jefe que apreciara de verdad el trabajo de sus empleados y que no los considerara como una parte prescindible de la empresa.

En su primer trabajo como becaria, Maddy se había dado cuenta de que su jefe no respetaba en absoluto a nadie que trabajara para él. Todos, excepto Madeline, eran unos incompetentes a sus ojos. Y ella se había sentido tan necesitada y era tan estúpida que le había permitido que proclamara al resto de sus trabajadores como inútiles. Así, había conseguido aislarla de ellos. Ese había sido el objetivo de William. Mantenerla separada, ignorante. Y ella había estado más que dispuesta a caer en la trampa.

Por eso, no iba a quedarse allí ni a permitir que él siguiera halagándola. No obstante, Aleksei reconocía el duro trabajo de todos los de la empresa y no solo el de una inocente becaria.

–Yo... bueno, te agradezco de verdad que me consideres un miembro valioso del equipo. Además, yo no tengo intención de abandonar Petrova en un futuro próximo.

–Cuando se convierta en un asunto que estés pensando muy seriamente, habla conmigo.

–Lo haré. ¿No vas a tomar café?

–No. Me disgusta la idea de depender de algo que altere mi estado de ánimo.

Al menos en el presente. Aleksei había estado demasiado cerca de ahogarse en el alcohol tras la muerte de Paulina. De hecho, lo había hecho durante un tiempo. Había sido más fácil no sentir. En su estado actual, no necesitaba nada que le ayudara a conseguirlo. Se había convertido en un ser completamente insensible.

Por eso su negocio era tan importante para él. No dependía de la cafeína o del alcohol. Dependía del éxito. De la adrenalina que le producía ser el mejor, de quitarse de encima a sus competidores. De convertirse en la marca de joyería más importante. Necesitaba el éxito. La riqueza, porque cuando se paraba... No había parado desde aquel primer momento de bajón. No desde el momento en el que decidió que jamás volvería a dejarse caer en la inconsciencia.

En aquel momento, ciertamente no lo estaba. La excitación que recorría su cuerpo cada vez que miraba a Madeline se lo recordaba constantemente.

Él nunca se acostaba con sus empleadas. Resultaba malo para el negocio y era un desvergonzado abuso de poder. Sin embargo, Madeline ponía a prueba su determinación. Ella suponía una tentación que iba más allá de cualquiera que hubiera conocido antes.

Habían pasado seis años desde la muerte de su esposa. Desde que vio cómo hacían bajar su ataúd a la tierra. Una parte de él fue enterrada también entonces.

Por supuesto, había tenido relaciones sexuales desde entonces. Cuando recuperó sus necesidades físicas, se había ocupado de satisfacerlas. Las amantes eran su solución a este problema. Lo que había sentido era una excitación sexual básica. Un hombre que respondía ante una mujer. Cualquier mujer. No se trataba de algo único. No había fuego.

Sin embargo, cuando miraba a Madeline, sí había fuego. Pasión y deseo a un nivel que no recordaba haber experimentado antes. Ni por Olivia, ni por ninguna mujer anónima.

Ni siquiera por su esposa.

Apretó con fuerza los puños con la esperanza de que el suave dolor lograra distraerlo del deseo que estaba experimentando. No le sirvió de nada. Con Madeline tan cerca, con su cabello castaño cayéndole sobre los hombros, con los brillantes ojos azules, con la suave curva de sus pechos... Ella era una llamada al pecado a la que Aleksei no sabía si podría resistirse.

Podría. Estaba seguro de eso. Su vida le había llevado hasta el mismísimo infierno. El poder y la fuerza de voluntad no se cuestionaban, pero Aleksei no estaba seguro de querer negarse a lo que se le ofrecía. Lo único que le hacía cuestionarse aquel deseo no era el hecho de que Madeline fuera una empleada suya, sino la mirada turbada que ella tenía en sus hermosos ojos azules. Una mirada a la que no quería contribuir.

Maddy suspiró y sonrió.

—Probablemente debería adoptar tu filosofía, o tal vez empezar a dormir... Sin embargo, siempre hay tantas cosas que hacer y el café está tan disponible...

—De todos modos, yo no duermo muchas horas.

No había dormido toda la noche desde que Paulina murió, pero Aleksei lo aprovechaba muy bien. Trabajaba y mantenía la mente ocupada.

—Ojalá yo no necesitara dormir —comentó ella. Había malinterpretado las palabras de Aleksei.

—Tiene sus ventajas —dijo él—, en especial dado que tenemos tiendas en tantas zonas horarias. Me ayuda a poder levantarme y a hacer las llamadas que necesito hacer.

—Mmm... —murmuró ella con gesto ausente.

Seguía con la taza de café entre las manos. Sus esbeltos dedos acariciaban el asa de la taza. Aquello no debería excitarle, pero... Resultaba muy fácil imaginarse aquellas suaves y delicadas manos acariciando su cuerpo. Cuando la miró a los ojos, vio que los de ella lo miraban fijamente, con un brillo apasionado. Tenía las mejillas ruborizadas. Necesidad. Deseo. Aleksei fue testigo de lo que ella sentía y que se reflejaba perfectamente en lo que sentía él.

La miró a los ojos y trató de desafiarla para que apartara la mirada. Ella no lo hizo. Entonces, parpadeó y no le quedó más remedio que cerrar los ojos un instante.

Aleksei conocía a las mujeres. Creaba joyas para mujeres, para conseguir que ellas se sintieran hermosas, para hacerlas felices. No le ocurría a menudo que sintiera que no comprendía los pensamientos de una mujer.

Madeline no dejaba de mirarlo. Su expresión había pasado a ser fría, como si estuviera tratando de demostrarle que estaba equivocado sobre el fuego que él estaba seguro de haber visto. Estaba más acostumbrado a las mujeres que lo invitaban, que trataban de conseguir que un momento de atracción física evidente se convirtiera en algo más.

Desgraciadamente, resultaba evidente que Madeline no iba a realizar invitación alguna.

–Cuando estés lista, Madeline, podemos hablar de qué es lo que realmente deseas.

Ella abrió los ojos de par en par. Se había sonrojado.

–¿Del trabajo? –preguntó.

–Por supuesto –respondió él, no sin cierta satisfacción.

–Sí... me parece... bien.

El corazón de Aleksei latía con rapidez. La sangre comenzó a fluirle más cálida y rápidamente cuando se imaginó lo que sentiría al conseguir que ella confesara el deseo que sentía hacia él. Interés. Excitación. Sentimiento. Después de años de no experimentar nada más que necesidades humanas básicas, aquello era completamente desconocido para él.

Deseaba a Madeline Forrester. Y tenía la intención de poseerla.

–Por favor, quédate estirada –musitó Maddy mientras terminaba de colgar parte de la larga sábana de seda para ahuecarla.

Estaba tratando de suavizar el aspecto del salón de baile, que era demasiado serio. Todos los elementos de decoración serían blancos y la idea era añadir textura y dimensión. Para conseguir su propósito, estaba subida a una escalera, agarrándose con una mano y tratando de colocar la tela con la otra.

–¿Qué diablos estás haciendo?

La voz de Aleksei resonó con fuerza en el salón.

Maddy se tambaleó un poco y colocó la última chincheta, que cubrió cuidadosamente con un pliegue de tela, antes de mirar hacia abajo.

–Trabajando –replicó–. ¿Y podrías no asustarme de ese modo cuando estoy a más de dos metros del suelo?

Con mucho cuidado, bajó los peldaños de la escalera. No obstante, la presencia de Aleksei le había sorprendido tanto que estuvo a punto de tropezarse. Había conseguido evitarlo durante los dos días que habían pasado desde el viaje en tren desde Milán.

Se dio la vuelta y dio un paso atrás. Estuvo a punto de chocarse con el musculoso cuerpo de Aleksei. Él extendió las manos y sujetó ambos lados de la escalera.

–¿Qué estabas haciendo? –le preguntó él con voz profunda.

–Mi trabajo –repuso Madeline mientras trataba de enfrentarse a la languidez que iba apoderándose de ella.

–Estabas en lo alto de una escalera con zapatos de tacón. ¿Tienes idea de lo peligroso que es eso?

–No. Es decir, tal vez es un poco peligroso, pero trabajo mucho con zapatos de tacón y, en ocasiones, tengo que subirme a una escalera.

–¿Acaso no pago yo a un equipo muy eficaz para que te ayude? –gruñó él.

–Así es, pero estaba experimentando con este efecto. A veces, resulta más fácil ejecutar una idea yo sola. No siempre estoy segura de cómo va a quedar y...

–Pues lo que has hecho ha sido una tontería.

Aleksei estaba tan cerca... Estaba enfadado, pero no le daba miedo. Estaba preocupado... por ella. Eso era casi más embriagador que verse tan cerca de él, lo suficiente para que, con una ligera inclinación de cabeza, ella pudiera besarlo.

Apartó la cabeza bruscamente. Sabía que, si no lo hacía, terminaría besándolo, lo que sería una estupidez.

Sin embargo, él le colocó la palma de la mano en la espalda, entre los omoplatos. El calor que emanaba de la mano de él atravesaba la blusa de seda que ella llevaba puesta. Aleksei movió ligeramente el pulgar.

Aquella sensación inmovilizó por completo a Maddy. No podía hacer nada más que permanecer allí, quieta, mirándolo fijamente. Una parte de ella quería marcharse. Correr tan rápidamente como le fuera posible. Huir de Aleksei, de la tentación.

Otra, por el contrario, quería quedarse. Gozar con sus caricias. La mujer que había en ella deseaba que él le recorriera el cuerpo con las manos, que las caricias se hicieran más íntimas...

No era normal permanecer célibe durante tanto tiempo. Ella quería... quería.... ¿Acaso no era normal desear que un hombre la deseara a su vez a ella? ¿Desear ella a un hombre? Resultaba difícil tener una visión saludable sobre la sexualidad cuando la prensa la había etiquetado como una ramera destrozahogares. Resultaba difícil no verse a una misma de ese modo. Al menos a Madeline le costaba.

Por eso, durante cinco años, no había habido nadie. Ni un amante, ni siquiera una cita. Nada de besos ni de caricias. Tan solo trabajo. Nada más.

No estaba bien que hubiera permitido que William y su engaño dictaran sus actos durante tanto tiempo. Él no debería tener nunca ese poder. Jamás debería haber tenido poder alguno sobre ella. Sin embargo, así era.

Maddy se apartó de Aleksei y él la soltó.

—Estoy bien —dijo ella con voz ronca—. No habría perdido el equilibrio si tú no hubieras entrado y me hubieras gritado de ese modo, así que, la próxima vez, espera a que esté de nuevo en el suelo antes de llamarme.

Aleksei se acercó de nuevo a ella con una expresión fiera en el rostro.

—¿Acaso esto es una broma para ti? ¿Sabes lo rápidamente que pueden terminar las cosas? ¿Lo sabes?

La tensión que había en la voz de Aleksei la dejó atónita. No quería conocer de dónde procedía la profundidad de aquellos sentimientos. No podía. Si supiera quién era él, además de ser su jefe, si hubiera algo más... Simplemente no podía.

—Lo siento. Tendré más cuidado la próxima vez. Me pondré unos zapatos más adecuados.

—Haz que lo haga otra persona.

—¿Por qué? Ellos se rompen igual que yo.

Aleksei la miró con dureza.

—He dicho que hagas que se ocupe otra persona.

Él era su jefe, algo que no podía olvidar.

—Está bien. La próxima vez haré que se ocupe otro de los miembros del equipo. ¿Satisfecho?

—Tanto como lo puedo estar —replicó él apretando la

mandíbula. Entonces, se dio la vuelta y se marchó del salón.

Maddy se puso la mano sobre el corazón y notó que este latía rápidamente bajo la palma. No comprendía muy bien lo que acababa de ocurrir, pero algo había cambiado.

Y supo que no habría modo de volver a poner las cosas como estaban antes.

Capítulo 5

PERFECTO. Todo estaba perfecto. Desde los relucientes suelos blancos hasta las cortinas de seda blanca que formaban drapeados desde el techo. Madeline había decorado aquel salón con estilo y gracia. Resultaba clásico, aunque con un punto de modernidad.

Y Madeline había estado a punto de romperse el cuello para conseguir ese efecto.

Era posible que su reacción hubiera sido exagerada. Al entrar al salón y verla allí, a dos metros de altura sobre un suelo de mármol, con unos tacones de nueve centímetros sobre los estrechos peldaños de la escalera, la ira y la adrenalina se habían apoderado de él en un instante.

Habría reaccionado del mismo modo con cualquiera que se hubiera comportado de aquel modo. Por supuesto, ella no había visto nada que objetar. Qué testaruda.

–Aleksei –le dijo la mujer que estaba sentada a su lado–, me gustan mucho todas las piezas que has diseñado. Tengo una idea fabulosa para tu nueva colección.

Él dejó que la mujer siguiera hablando. No necesitaba ideas, y mucho menos de una heredera mimada. Entonces, vio a Madeline. Iba ataviada con un vestido blanco muy ceñido que conjuraba fantasías que distaban mucho de ser puras. Madeline, que le había provocado insomnio todas las noches de la semana. Se marchaba por una puerta lateral, igual que había hecho en la exposición de Milán.

Aleksei estaba harto de noches de insomnio, harto de desear y no tener.

Dejó la copa de champán sobre la mesa y se despidió cortésmente de la otra mujer. Salió al pasillo y vio la cola del vestido blanco de Madeline desaparecer por una esquina. Ella parecía dirigirse a los jardines interiores.

Había pasado mucho tiempo desde la última vez que él persiguió a una mujer, si es que lo había hecho en alguna ocasión. Normalmente, no tenía que preocuparse. Sin embargo, Madeline le había producido una gran impresión. Hasta que la tuviera, hasta que saciara el deseo que sentía, ella parecería mucho más de lo que era en realidad.

Solo era una mujer. Y él un hombre. Los dos se deseaban. Era así de básico. No había nada más. Solo necesitaba demostrárselo a su cuerpo.

Cuando entró, vio que ella estaba cerca de la puerta. Tenía la atención centrada en unas plantas tropicales. Las llamativas flores rosas producían un sorprendente contraste con el vestido blanco de Madeline.

Aleksei se tomó un momento para admirarla. La delicada cintura, la curva de las caderas y, en especial, el redondo y respingón trasero, un rasgo de su cuerpo que le hacía preguntarse si iba mucho al gimnasio.

Ella se volvió de repente.

—Aleksei...

—Siempre sales huyendo de tus propios eventos... Deberías preocuparte más por los invitados.

—Bueno, la última vez tuve que ir a pedir más cóctel de gambas.

—Es cierto...

–Y, en esta ocasión, necesitaba... aire –susurró ella–. No lo necesitaba tan desesperadamente como para salir y enfrentarme a la nieve, así que me busqué una solución intermedia.

–Pareces cansada...

–No creo que eso sea algo que deba decir un jefe –replicó ella.

–¿Y un amigo?

–Tú no eres mi amigo.

No. No lo era. Todo lo que le dijera, cualquier gesto que pudiera hacer, iba destinado a conseguir que ella se metiera en su cama. Aquello no era lo que hacía un amigo.

–Es cierto... ¿Vas a seguir fingiendo que no hay nada más entre nosotros que una relación laboral? –le preguntó observándole el rostro muy lentamente.

Madeline apretó los labios.

–Sí, creo que sí. ¿De qué sirve admitir nada más?

Aleksei se acercó a ella, medio esperando que Madeline se zafara de él. Sin embargo, ella se mantuvo en su sitio, con los brazos en los costados.

–Nada a largo plazo –dijo él–, pero hay beneficios de las relaciones a corto plazo.

–¿La mujer con la que estabas hablando?

–No. Ni siquiera le pregunté su nombre.

Madeline lo observó durante un instante. Entonces, dio un paso al frente y le colocó las manos en las mejillas. Lo miraba con seriedad. A continuación, se puso de puntillas y le dio un beso.

Fue un beso torpe, sin mucha experiencia, pero su entusiasmo compensaba cualquier carencia. Besaba como si estuviera muerta de hambre y él estaba más que dispuesto a saciar su necesidad.

Aleksei le rodeó la cintura con los brazos y la estrechó

contra su cuerpo. Lanzó un gruñido de placer cuando sintió los senos de Madeline apretados contra su torso. La lengua de ella, suave y húmeda, le acariciaba los labios, cuestionándole tímidamente. Aleksei respondió saboreándola, disfrutando plenamente cada centímetro de aquella dulce boca.

Un sonido de entusiasmo surgió de la garganta de Maddy y vibró entre los labios de ambos. Ella levantó las manos y se agarró con fuerza a los hombros de él. Aleksei, por su parte, le sujetó la zona posterior de la cabeza con una mano mientras deslizaba los dedos entre los sedosos mechones.

Él quería darse un festín. Quería acariciar aquellas curvas con las manos, sin que se lo impidiera la delgada barrera del vestido. Quería sentir su piel, suave y cálida. Quería saborear cada centímetro de su piel.

Tan repentinamente como Maddy comenzó el beso, lo dio por finalizado. Aleksei la soltó, sin dejar de observarla. Ella tenía los ojos abiertos de par en par, los labios henchidos, las mejillas sonrojadas y la respiración entrecortada.

—Tenía... —susurró ella mientras se mesaba el cabello—. Tenía que ver...

—¿Qué tenías que ver? —le preguntó él, con su propia voz enronquecida por el deseo.

—Pensé que podría ocurrir que no fuera tan bueno como yo había imaginado. Siempre ocurre así...

—¿Y?

Ella lanzó una maldición y giró la cabeza.

—¿Tan bueno? —preguntó él.

Madeline se volvió para mirarlo.

—No puedo.... no es muy profesional.

—En mi opinión, hemos dejado atrás la profesionalidad hace un rato.

–Sí, de acuerdo. Tienes razón, pero continuar sería aún... menos profesional.

Ella lo miró con dureza, como si estuviera esperando algo. Esperando que él la abrazara o...

–Está bien, Madeline. Si no quieres, es tu decisión. Yo no obligo a nadie a que se meta en la cama conmigo. Sin embargo, sé que tú sientes la misma atracción. Me lo has demostrado. En lo que se refiere a la profesionalidad, ya hemos cruzado la línea, sea con sexo o sin él.

Madeline sacudió la cabeza.

–No vas a despedirme si digo que no, ¿verdad?

–Ya te he dicho que yo no obligo a nadie y, por lo tanto, tampoco obligo a nadie a prostituirse por un trabajo. Puedo ser cruel en asuntos de negocios, pero no lo soy con las personas.

Madeline tragó saliva. Acababa de cometer el segundo error más importante de toda su vida. No debería haberle besado. Nunca.

Sin embargo, la fantasía nunca sobrevive a la realidad. Ella se había mostrado tan desesperada por purgar el deseo que sentía por Aleksei en su piel, por hacer algo para conseguir deshacerse de aquel deseo. Se había sentido loca de celos al ver cómo aquella mujer le acariciaba el brazo y le susurraba al oído. No eran celos emocionales, sino los celos físicos más primitivos. No quería que ninguna otra mujer disfrutara lo que ella estaba tan decidida a negarse.

Con el deseo, vino también la sensación de culpabilidad por desear a un hombre por primera vez en cinco años. Culpabilidad por no poder seguir reprimiendo su sexualidad. Culpabilidad porque seguía deseando el sexo cuando había estado plenamente convencida de que podía prescindir de él porque no podía volver a confiar en sí misma.

Entonces, decidió que lo mejor sería que se demostrara que no había nada especial entre ellos. Tenía una experiencia muy limitada con los hombres y el lado físico de la relación con el sexo opuesto jamás había sido demasiado increíble para ella.

Sin embargo, el beso de Aleksei le había producido una corriente eléctrica por todo el cuerpo que la había inmovilizado con su fuerza. La intención de Madeline había sido dar carpetazo. Recordarle a su cuerpo que las sensaciones físicas no eran tan placenteras.

Desgraciadamente para ella, habían sido mucho más que eso. Más de lo que había imaginado.

Su decisión había sido contraproducente.

—Estoy segura de que no.

Estaba segura de que Aleksei no abusaba de su poder. No había tratado de convencerla ni le había dicho lo hermosa que era ni lo mucho que la amaba. No le había mentido. Cuando ella lo besó, sintió como si un rayo la dejara inmovilizada en el sitio.

—Simplemente no puedo...

Resultaba tan fácil recordar lo ocurrido la última vez. Y de nuevo con su jefe, aunque no se le ocurría nada que William y Aleksei pudieran tener en común.

—No es buena idea —concluyó.

—No lo es —afirmó él.

Madeline se cruzó de brazos para protegerse del frío. Entonces, bajó la cabeza y se dirigió hacia la puerta.

Cuando él volvió a tomar la palabra, su voz era suave, pero firme.

—No es una buena idea, pero te deseo. Si quieres que ocurra esto entre nosotros, tienes que venir conmigo ahora, Madeline. No estoy jugando y te aseguro que no persigo a las mujeres.

Ella no se volvió.

–No voy a cambiar de opinión. No puedo.

Madeline sentía ser tan cobarde. En su decisión primaba el sentido común, sí, pero principalmente el miedo. Y odiaba ser la clase de persona que permitía que el miedo rigiera su vida.

Sin embargo, era demasiado fuerte, demasiado real, como para oponerse a ello.

Aleksei se colocó detrás de ella, abrió la puerta y la animó a pasar.

–Esa es tu decisión. Sigue siendo tu decisión. ¿Puedo acompañarte de nuevo a la fiesta?

Maddy asintió. Lo mejor que podían hacer era fingir que no había ocurrido nada.

Que no había sentido la lengua de Aleksei contra la suya. Que jamás había estado entre sus fuertes brazos.

Podría conseguirlo. Podría volver al modo en el que eran las cosas al principio. No era una mujer débil. Al menos, ya no volvería a serlo.

–Hola, Madeline.

La voz de Aleksei la atormentaba más que nunca. Después de saborear sus labios, de sentir el tacto de sus manos, de un modo que hacía sentir a una mujer el deseo excluyendo todo lo demás.

–Hola –respondió ella.

–¿Cómo va todo para la exposición de Luxemburgo?

–Muy bien. Más que bien, de hecho. Tenemos a nuestra disposición el castillo entero, lo que significa que en la invitación los asistentes pueden elegir quedarse o no a pasar una noche en el castillo y, de ese modo, poder desayunar también con nosotros a la mañana siguiente.

–Es muy extravagante.

–Tú te lo puedes permitir.

–Por supuesto.

En opinión de Madeline, era el lugar perfecto. Se estaba convirtiendo en el evento de más importancia para aquella colección. Maddy estaba muy contenta. La lista de invitados incluía algunas de las personas más ricas e influyentes, y el lugar estaba elegido para impresionar.

–También me gustaría mostrar algunas piezas de tus anteriores colecciones, si los originales siguen aún disponibles.

–Hay algunos, aunque la mayoría se han vendido ya.

–Bueno, me gustaría disponer de los que podamos. Dado que tenemos mucho espacio a nuestra disposición, quiero utilizarlo al máximo.

Madeline podía hacerlo. Resultaba fácil hablar de trabajo con Aleksei. En ese tema, tenían mucho en común y conectaban. En aquel tipo de relación, no tenían problema alguno y, en realidad, era lo único en lo que necesitaban conectar.

Ella hizo un gesto de desesperación y se inclinó hacia delante. Entonces, tomó un bolígrafo para poder tomar notas. Cualquier cosa para mantener su mente plenamente ocupada y no pensar en nada más que en su trabajo.

Todo era mucho más fácil con cientos de miles de kilómetros entre ellos. Mucho mejor con la barrera del teléfono. Le habría gustado mucho que jamás hubieran traspasado aquella barrera porque todo habría sido mucho más sencillo. No estaría sufriendo noches de insomnio por pensar en sus caricias ni se excitaría cada vez que se mencionara su nombre en la conversación.

–Voy a pasarme a última hora de hoy –dijo él–. Podremos hablarlo con más detalle entonces.

Ella se levantó.

–¿Cómo?

Aleksei nunca iba a la oficina de Milán, al menos en los dos meses que ella llevaba allí. Siempre estaba en Moscú y a ella le había parecido perfecto.

–Ya veo que lo estás deseando –dijo él muy secamente.

–Lo siento.

Madeline sacudió la cabeza y se maldijo en silencio. Sería capaz de matar por un poco de sofisticación sexual en aquellos momentos. Desgraciadamente, no iba a ser así.

Aunque estaba llegando al punto en el que estaba pensando muy seriamente que ya iba siendo hora. Se había visto atada por el horror de lo ocurrido hacía cinco años durante demasiado tiempo. Seguramente más que su antiguo jefe y que la exesposa de este. A los medios de comunicación ya no les importaba. Hacía ya mucho tiempo que lo ocurrido no le importaba a nadie, ni siquiera a los medios de comunicación.

Sin embargo, su nombre había sido sinónimo de ramera durante más de dos meses. Su hermano había hecho todo lo posible para protegerla. Todo lo posible teniendo en cuenta que ella le había jurado que no había ocurrido nada. Aún cargaba con aquel enorme peso.

Resultaba fácil poner excusas. Por haberle mentido a Gage. Se sentía avergonzada y humillada, pero, por supuesto, ella jamás había sabido que su jefe estaba casado. Además, William le había jurado que estaba enamorado de ella. No obstante, no había excusa posible. Ella había sido una estúpida, una ingenua, y había permitido que la manipularan.

Una joven, ni mucho menos una mujer, que había recibido con mucho agrado los cumplidos y el afecto que su jefe le había proporcionado. Aún dejaba que él la manipulara y, seguramente, él ni siquiera recordaba su nombre. Lo más probable era que la hubiera reemplazado a ella y a la esposa que había perdido por aquella aventura en más de diez ocasiones ya.

Sin embargo, ella seguía anclada en el pasado, sufriendo por todo el dolor y las lamentaciones acumulados. Lo de seguir con su vida no había funcionado en su caso.

Estar con Aleksei y acostarse con él podría no ser buena idea. Sin embargo, su decisión al respecto no debería basarse en sucesos del pasado, sino en el hecho de que una aventura en el trabajo no era lo más aconsejable.

–Entonces, hasta luego –dijo ella.

Colgó el teléfono y se reclinó sobre su asiento. El corazón le latía con fuerza y las manos le temblaban. En aquella ocasión, no tenía nada que ver con Aleksei.

Había llegado a un punto de inflexión en su vida en tan solo diez minutos. No había dejado atrás su relación con William. No había podido seguir con su vida. Seguía dejando que él controlara su vida, incluso después de tanto tiempo.

Esa situación, afortunadamente, acababa de llegar a su fin.

Capítulo 6

COMO era de esperar, la visita de Aleksei no había sido breve. Se había quedado todo el día. Por supuesto, la razón de la misma había sido la próxima exposición.

Eso significaba que ella estaba implicada en todos y cada uno de los aspectos de su visita. En aquellos momentos, estaba enclaustrada con Aleksei en su despacho mucho después de que terminara su jornada laboral. Estaban repasando los detalles entre los dos.

Normalmente, Aleksei le dejaba que hiciera ella su trabajo. Las exposiciones que había organizado en América del Norte habían sido menos cruciales. La que les ocupaba en aquellos momentos, era muy personal para Aleksei por razones evidentes y él quería controlarlo todo y poner también sus propias ideas. No hacía más que cambiar cosas y, en general, molestarla.

—Entonces, ¿qué es lo que queremos hacer con el collar? —le preguntó ella.

El collar era la pieza central de la nueva colección de Aleksei. Se trataba de una joya de esmeraldas, diamantes y platino que, solo en materias primas, valía medio millón de dólares. Dado que Aleksei lo había diseñado, valía mucho más. Él lo había estado reservando para aquella exposición.

—Creo que debería estar ya allí cuando lleguen los

invitados. Quiero que sea la pieza central de la exposición, pero que esté segura.

–Bueno, podemos poner alarmas a su alrededor sin obstruir la visión de la vitrina y, por supuesto, tendremos guardias de seguridad. Por todas partes. Entonces, cuando termine el evento y se retiren los huéspedes que se van a quedar a pasar la noche, nos llevaremos las joyas en furgones de seguridad.

Jamás habían tenido un intento de robo, pero Aleksei no bajaba nunca la guardia.

–Todo me parece muy bien –dijo él. Entonces, se levantó y se colocó de pie frente a ella.

Madeline, con su metro sesenta escaso, no era una mujer alta. Por eso, siempre llevaba unos tacones muy altos. Sin embargo, Aleksei era fácilmente más de treinta centímetros más alto. Además, era tan fuerte y masculino. Hacía que ella se sintiera menuda y femenina. Lo más extraño de todo era que a Madeline le gustaba.

Parpadeó y trató de centrarse.

Se inclinó para recoger su bolso antes de ponerse de pie. Aquel movimiento la acercó a Aleksei mucho más de lo que había anticipado. De repente, le pareció que la temperatura del despacho subía varios grados.

Él la estaba mirando fijamente, primero a los ojos y luego a los labios. La tensión se podía cortar y respirar resultaba casi imposible.

–¿Algo más? –le preguntó ella. Necesitaba huir. Inmediatamente.

Sin embargo, al mismo tiempo, también quería quedarse. Poder averiguar lo que ocurriría si las cosas seguían por aquel camino.

–Solo esto.

Aleksei se inclinó y bajó la cabeza ligeramente. Entonces, rozó suavemente los labios de Madeline con los suyos.

A ella se le olvidó respirar. Los labios de Aleksei eran cálidos, firmes. Todo lo que recordaba y mucho de lo que había olvidado. Fue un beso muy breve, pero le hizo desear mucho más. Le hizo querer llorar sobre la frustrante necesidad que latía dentro de ella. El deseo y la necesidad se habían adueñado de ella de un modo que no había conocido hasta entonces. No había sabido que algo así pudiera existir hasta que Aleksei lo dejó al descubierto.

Se tambaleó ligeramente cuando trató de apartarse de él.

—Pensaba que ibas a esperar hasta que yo fuera a ti —dijo. No consiguió reflejar en su voz un tono tan acusador como le habría gustado.

—Así era, pero, de todos modos, solo ha sido un beso.

¿Cómo podía decir que solo había sido un beso? Resultaba tan tentador... Su resolución para deshacerse del pasado no significaba que fuera a meterse en la cama con su jefe, sobre todo porque ya había hecho aquello mismo hacía cinco años.

No podía negar que aquello no era una buena idea. Le habían hecho falta años para regresar a la normalidad después de su última relación con un hombre. No había podido conseguir un trabajo durante casi un año porque el escándalo había estado relacionado precisamente con su empleo. Nadie quería contratarla.

Por fin, consiguió un trabajo en una empresa de catering. Allí, a nadie le había importado o podría ser incluso que no lo hubieran sabido.

Le había resultado muy difícil empezar de nuevo desde abajo. Sin embargo, al menos se había sentido libre. Por eso, sabía que si empezaba una relación con Aleksei sería una estúpida.

–Bien, pues no me vuelvas a besar. Aquí estamos trabajando y eso no tiene nada que ver con el trabajo.

–¿Es porque soy tu jefe, Madeline? ¿Es esa la razón de que no desees esto?

–En parte.

–¿Y la otra parte?

–No es asunto tuyo porque tú eres mi jefe y no mi amante.

–A mí no me importaría convertirme en tu amante.

–Lo sé –replicó ella–, pero yo trabajo para ti. Eso te da a ti... El equilibrio de poderes no es justo. No hay... Yo estaría en total desventaja.

–Así no es como funciono yo. Si tuviéramos una aventura, yo sería tu jefe durante el horario laboral y tu amante cuando no estuviéramos en el despacho. Cuando fuera tu amante, no sería tu jefe.

–¿Y cuando fueras mi jefe no serías mi amante?

–Ya te lo he dicho. Nunca mezclo los negocios con el placer.

–En realidad, creo que eso lo dije yo. Y también creo que podría significar algo diferente que colegas en el trabajo y amantes fuera de él.

Aleksei se encogió de hombros. El hecho de que él pudiera hacer un gesto tan casual cuando ella estaba a punto de perder el control resultaba desquiciante.

–Si fuera una relación, entonces sí. No creo que fuera problemático separar las dos cosas. Sin embargo, yo no estoy buscando una relación.

–Entonces, ¿tú solo quieres... sexo?

–Exactamente –admitió él sin dudarlo–. Yo no tengo nunca relaciones.

La mayoría de las mujeres se habrían sentido disgustadas por aquel comentario. Madeline lo comprendía perfectamente. Ella había sido una de esas mujeres. Una mujer que pensaba que el sexo y el amor tenían que ir juntos. Solo había sido una idiota.

Se sentía aliviada de que, al menos, Aleksei no le hubiera mentido. No había dicho que quería estar con ella porque Madeline era especial. No había dicho que la amaba. Había dicho que quería sexo. Al menos, era sincero.

—Bien, yo tampoco tengo relaciones.

—En ese caso, estamos en la misma onda.

Madeline se echó a reír. El sonido que le salió de los labios fue casi una carcajada histérica.

—Creo que es prácticamente imposible que los dos estemos en la misma onda –replicó ella.

—Tú me deseas.

—Sí.

—Y yo te deseo a ti. A mí me parece que, efectivamente, estamos en la misma onda.

Los ojos oscuros de Aleksei eran cálidos e intensos, pero su expresión resultaba dura e impasible. No estaba tratando de seducirla con hermosas palabras ni con una seductora sonrisa. No trataba de tranquilizarla. Ni siquiera le ofreció una copa para que se relajara.

El corazón de Madeline latía con tanta fuerza que ella estaba segura de que Aleksei lo podía escuchar. Ella sabía qué era lo más inteligente. Sabía muy bien lo que quería. Era una pena que las dos cosas no fueran lo mismo.

Dio un paso hacia él y lo supo. Supo que, al hacerlo, estaba diciendo que sí.

En un instante, sintió la boca de Aleksei sobre la suya. Sus labios y lengua se movían contra los de ella de forma urgente. Se apretó contra él y sintió la firme columna de la erección contra el vientre y notó una inconfundible humedad entre las piernas. Los senos se volvieron más pesados y, de repente, necesitaron desesperadamente las caricias de Aleksei.

Fue algo sincero. La respuesta de él no pudo ser fingida. Aleksei no trató de convertir el momento en más de lo que era encendiendo velas o preparando un ambiente romántico para seducirla. Era necesidad. No se parecía a nada que ella hubiera sentido antes. No tenía nada que ver con los sentimientos, ni con el amor. Tampoco era una vía de escape ni tenía nada que ver con el futuro. Tan solo se trataba de algo muy real y muy presente. Eso era lo único que importaba.

Los masculinos sonidos que él dejaba escapar entre los labios eran la expresión máxima del deseo sexual en estado puro. Y eso era precisamente lo único que ella deseaba.

Podía soportar que fuera solo algo físico. Eso era precisamente lo que quería tener con Aleksei. Sí. Él era su jefe, pero, con él, no había nada que se pareciera a lo que tuvo con William Callahan. Entre Aleksei y ella no había mentiras ni tampoco promesas. Tan solo deseo.

Había pensado que volver a estar con un hombre la volvería a convertir en un ser vulnerable y lleno de necesidad. Necesidad sentía, pero no del modo que se había temido. Solo necesitaba las caricias de Aleksei. Sentir su cuerpo dentro de ella.

También se sentía muy poderosa. Sentía que tenía el control. No se podía negar que él también la deseaba. Su ardiente cuerpo lo delataba.

Le deslizó las manos sobre el torso. Su constitución era propia de una fantasía hecha realidad. Músculos fuertes, bien definidos. Anchos hombros. En aquellos momentos, Madeline podía recorrer su cuerpo a su antojo.

Ella ansiaba tan desesperadamente embarcarse en aquel viaje que temblaba de deseo.

La excitación se apoderó de ella. Empezó a desabrocharle los botones de la camisa. Cuando terminó, se la empezó a bajar por los brazos y gruñó de frustración cuando los puños se le atascaron en las muñecas. Él sonrió y apartó la boca de la de ella para poder desabrocharse los botones. Entonces, se despojó de la camisa y dejó que esta cayera al suelo.

Madeline tragó saliva cuando vio su torso desnudo. Era impresionante. Piel morena, con la cantidad justa de vello por los pectorales y el vientre hasta desaparecer por debajo de la cinturilla de los pantalones.

Él la miró. Parecía demasiado tranquilo. Madeline necesitaba que perdiera el control.

Se acercó a él y le colocó las manos sobre el cinturón. Se lo desabrochó e hizo lo mismo con el botón de los pantalones. No dejaba de mirarle a los ojos. Aleksei tenía la mandíbula apretada y los músculos en tensión.

Madeline contuvo la respiración y le apretó la mano contra la erección, sintiéndola en toda su longitud. Era un hombre muy bien dotado y, para ella, había pasado mucho tiempo. No pudo evitar preocuparse porque le doliera. Su primera vez había sido horrible, aunque no había estado demasiado excitada. Simplemente, había querido agradar. Nada de lo ocurrido había tenido que ver con ella.

Sin embargo, con Aleksei se sentía muy excitada. Se estaba ocupando de su cuerpo. De su deseo. De su derecho de desear a un hombre y de actuar sobre ese deseo.

Le enganchó los dedos en la cinturilla de los pantalones y la ropa interior y se los bajó por las estrechas caderas, dejando por fin al descubierto el cuerpo de Aleksei ante sus ojos. Desnudo y en pleno estado de excitación, él era lo más increíble que Madeline hubiera visto nunca.

También resultaba bastante intimidatorio.

–Yo no... No he estado con nadie desde hace mucho...

–En ese caso, me aseguraré de que estás preparada.

Madeline no tenía dudas de que Aleksei sabría qué hacer con una mujer. Confiaba plenamente en eso. Aleksei era un perfeccionista y se aseguraría de que aquello fuera completamente perfecto.

–Ahora tú –le dijo mientras le colocaba las manos en la blusa.

Madeline se las apartó y comenzó a desabrocharse los botones. Su recompensa fue ver el deseo en el rostro de Aleksei. Dejó por fin que su prenda se reuniera en el suelo con la de Aleksei antes de quitarse la falda de tubo. En poco tiempo, se quedó frente a él con nada más que las medias, zapatos de tacón alto y una ropa interior muy transparente.

Inmediatamente, vio que el autocontrol de Aleksei se esfumaba por completo. Su mirada adquiría un brillo primitivo un segundo antes de que la tomara apasionadamente entre los brazos.

Aleksei deslizó las manos por las caderas y la cintura, hasta llegar al broche del sujetador. Lo abrió sin esfuerzo, y la delicada prenda cayó al suelo. Madeline no sintió pudor alguno por que él la viera desnuda, sobre todo porque resultaba evidente que él estaba disfrutando plenamente de aquella visión.

Aquellas mágicas manos se deslizaron ligeramente para que los pulgares pudieran acariciar suavemente la parte inferior de los senos. Los pezones se irguieron casi dolorosamente. ¿Por qué no la tocaba ahí? Madeline se moría de ganas. Lo necesitaba más de lo que en aquellos momentos necesitaba respirar.

Aleksei siguió mirándole el rostro. Tenía los ojos prendidos de los de ella. Siguió sin acariciarle directamente los senos, sin abrazarla con fuerza o manosearla. Lo más irónico de todo era que aquello era precisamente lo que ella deseaba que ocurriera.

Él se limitó a seguir acariciándole la piel lentamente. Entonces, le estrechó la cintura con los brazos y la apretó contra su cuerpo.

La besó larga y profundamente, con sensualidad. La lengua le recorría ampliamente la boca. El cuerpo de Madeline temblaba de deseo y no pudo evitar arquearse contra él. Los pezones rozaron el vello oscuro del torso de Aleksei. Entonces, ella no pudo evitar que un profundo gemido de placer se le escapara de los labios.

No recordaba que el sexo fuera así. En realidad, sabía que nunca había sido así para ella. Aquello era... Todo lo que sentía, el placer, la necesidad de su cuerpo, resultaba casi insoportable, aunque del mejor modo posible.

Se frotó contra él. Necesitaba estimular la parte de su cuerpo que más ansiaba las caricias de Aleksei. La mano de él se deslizó desde la cintura hasta el muslo. Aquel sensual recorrido fue una pura tortura para ella. Entonces, Aleksei le agarró el muslo y se lo levantó, abriéndola para él, dejando que el clítoris se acercara a la potente erección.

–Sí... –susurró ella moviéndose contra él.

–Sí... –respondió Aleksei. Entonces, fue empujándola hasta que las piernas de Madeline se toparon con el escritorio.

Allí, la levantó suavemente y la sentó sobre la pulida superficie. Cuando separó sus labios de los de ella, Madeline se sintió perdida y algo mareada. Entonces, Aleksei se arrodilló delante de ella y le deslizó las manos por debajo de las braguitas para comenzar a bajárselas y tirarlas al suelo. Por fin, ella estaba abierta para él, expuesta por completo. Y seguía sin sentirse avergonzada.

Las sensaciones fueron embriagadoras cuando él comenzó a trazarle una línea por el interior del muslo con la lengua. Ella apretó los dientes. Nunca antes había experimentado algo así, un placer tan arrollador ni tan divino. Echó la cabeza hacia atrás y se agarró con fuerza al escritorio.

Aleksei le agarró los muslos con las manos para impedir que se moviera y poder recorrer a conciencia la parte más sensible del cuerpo de Madeline. Ella se arqueó de placer. Aquello era aún más increíble.

Nunca antes había experimentado algo así. Lo había fantaseado y suponía que tenía que ser algo maravilloso, pero jamás había imaginado hasta qué punto lo sería.

La lengua de Aleksei era muy hábil. Cuando deslizó un dedo en el interior de su cuerpo, Madeline estuvo a punto de estallar en mil pedazos. Un segundo dedo la dejó temblando tan violentamente que estuvo a punto de alcanzar el orgasmo.

Aleksei se mostró inflexible con ella. Dedos y lengua se movieron al unísono hasta que ella alcanzó el clímax. Entonces, soltó el escritorio para agarrarse a los hombros de él y clavarle las uñas en la espalda. No le importó, y a Aleksei parecía que tampoco.

Madeline se sentía débil. Agotada, pero no del todo satisfecha. Y sabía por qué. Aún no lo había tenido en el interior de su cuerpo y lo estaba deseando.

—¿Puedes ponerte de pie? —le preguntó Aleksei con voz ronca.

Ella asintió e hizo lo que él le había pedido. Entonces, Aleksei la hizo darse la vuelta y colocarse mirando hacia el escritorio. Madeline apoyó las manos sobre la mesa. Jamás había mantenido relaciones sexuales en aquella posición. Una oleada de excitación le recorrió todo el cuerpo. Entonces, oyó el sonido de un plástico que se desgarraba.

—Es un preservativo —dijo él.

El alivio se apoderó de ella porque, seguramente, habría estado tan pendiente del momento que se le habría olvidado.

La punta de la erección de Aleksei se colocó contra el húmedo sexo. Ella separó las piernas un poco más para tratar de asegurarse de que podía acogerlo en su cuerpo. Aleksei se hundió en ella lenta y placenteramente. Entonces, le agarró las caderas y comenzó a moverse. El ritmo era duro, constante, embriagador. Le agarró un seno y comenzó a apretarle el pezón. Madeline no se contuvo y lanzó un gemido de placer. No quería ocultar el placer que estaba experimentando.

La mano se ocupó a continuación del clítoris y comenzó a moverse al ritmo con el que él la penetraba. Madeline se agarró de nuevo al escritorio. Sentía que estaba a punto de experimentar otro clímax.

Cuando llegó, el de Aleksei se unió al de Madeline. Se tensó tras ella y apoyó la cabeza sobre su hombro. Tenía la respiración entrecortada y el corazón desbocado.

—Tengo que moverme —dijo ella. Sentía que las piernas no iban a seguir sosteniéndola.

Aleksei se retiró y dejó que ella se sentara sobre la silla más cercana. La cabeza de Madeline le daba vueltas y el corazón parecía a punto de explotar.

Había tenido sexo y lo había disfrutado. Nadie le había dicho que fuera una ramera por ello.

Por primera vez en cinco años, su cuerpo parecía volver a pertenecerla. Gracias a Aleksei, había conseguido borrar todo lo ocurrido en el pasado y había aprendido que había mucho más sobre el sexo de lo que ella conocía. Se alegraba de ello. Sus escasos encuentros con William la habían dejado desilusionada. Aquella noche, ella había gozado y su amante parecía también bastante satisfecho.

Aleksei se apartó de ella y se deshizo discretamente del preservativo en una papelera antes de recoger los pantalones del suelo y ponérselos con un rápido movimiento.

Madeline aún no podía moverse. Solo podía mirar su ropa y preguntarse en qué se había transformado exactamente entre los brazos de Aleksei.

Se miró y vio que aún llevaba puestas las medias y los zapatos de tacón. Menuda imagen debía de tener. Esperó una vez más a que la culpabilidad y la vergüenza se apoderaran de ella. Nada. Simplemente se sentía satisfecha. Muy satisfecha.

—Yo...

—¿No fue buena idea? —le preguntó él mientras se abrochaba el cinturón.

—No. En realidad no lo fue, pero ahora ya es demasiado tarde.

—Fue demasiado tarde en el mismo instante en el que nos vimos por primera vez —comentó con una sonrisa en los labios.

—Creo que tienes razón —admitió ella mientras recogía su ropa interior—, pero no lo lamento.

—Bien, porque es demasiado tarde para eso.

—Pero ha sido solo sexo.

—Sí.

—Sexo muy agradable —dijo. Aleksei gruñó para mostrar que estaba de acuerdo con ella mientras se ponía la camisa–. Y no debería volver a ocurrir.

–¿No? –preguntó él deteniendo sus movimientos en seco.

–No. Tenemos que trabajar juntos y ahora que... Bueno, ahora que ya nos hemos desahogado sería mejor concentrarnos solo en el trabajo.

–Si eso es lo que quieres...

–Sí.

Tenía que ser así. Había sido una experiencia maravillosa y ella se sentía plena. Por supuesto, Aleksei jamás le había prometido amor ni un anillo de compromiso. De todas maneras, ella no quería nada de todo aquello.

–Sí, creo... creo que tiene que terminar.

Aleksei asintió.

–Te dejaré que te vistas –anunció. Se dio la vuelta para salir del despacho y, antes de hacerlo, se detuvo–. Necesito que vengas al estudio mañana. Tengo algunas cosas que mostrarte para que podamos ponernos de acuerdo sobre las vitrinas.

–Está bien –dijo ella. Se sentía fuerte y poderosa tras su nueva experiencia.

–Hasta mañana.

Con eso, Aleksei se marchó y Madeline se quedó sola.

De repente, se sintió demasiado sola. Maldijo el despacho vacío mientras terminaba de recoger su ropa.

Capítulo 7

HABÍAN pasado doce horas desde su encuentro sexual con Madeline. Doce horas y su cuerpo aún seguía presa de la adrenalina posterior al orgasmo. Ella era increíble. Hermosa. Ansiosa. Desinhibida.

Normalmente, un encuentro sexual con una mujer le parecía bien. No buscaba compromiso. Sin embargo, en el caso de Madeline, estaría encantado de volver a experimentar el sexo con ella.

Miró el reloj cuando Madeline entró corriendo por la puerta del estudio.

—Llegas tarde —le dijo tras tomarse un largo instante para admirar su belleza.

Tenía las mejillas sonrojadas por las prisas por llegar a tiempo. Largas y esbeltas piernas embutidas en unos vaqueros oscuros que le ceñían las caderas. Una camiseta de algodón que moldeaba sus redondeados senos. Unos senos que había tenido entre las manos hacía doce horas. No se había tomado el tiempo de saborearlos y se arrepentía de ello.

—Lo siento. Me he dormido...

—¿Acaso no dormiste bien anoche? —le preguntó. Él no. Su cuerpo no hacía más que esperar la segunda ronda. Ansiaba más. Más de Madeline.

Ella no contestó. El estudio estaba vacío. Aleksei abrió la puerta de su taller y la hizo pasar al interior.

–¿Tienes el collar aquí?

–Sí. En la caja fuerte.

Aplicó el pulgar sobre una zona concreta de la caja fuerte e introdujo un código que abrió la caja fuerte. Entonces, sacó un estuche de terciopelo y lo abrió. Vio que Madeline abría los ojos de par en par.

–Es muy hermoso, Aleksei.

–Tócalo si quieres...

Ella lo miró a los ojos y bajó la mano para tocar las esmeraldas de un modo casi reverente. Al verla, Aleksei deseó volver a sentir aquellas manos sobre su cuerpo.

La primera vez fue rápido y apasionado. Quería más. Quería tener tiempo para saborear el cuerpo de Madeline, para disfrutar de cada centímetro de sus hermosas curvas. El sexo sobre un escritorio resultaba muy apasionado y salvaje, pero quería experimentarlo con ella en una suave cama.

–Pruébatelo.

–¿Por qué?

–Quiero verlo. Nunca se lo ha puesto nadie, lo que significa que nunca le he visto de verdad.

–Yo...

–Permíteme.

Aleksei dejó el estuche sobre la mesa y sacó el collar. Cuando le pidió que se diera la vuelta, no pudo evitar recordar las imágenes del día anterior. Inmediatamente, experimentó una dolorosa erección. No le costaba evocar las imágenes. Madeline estirada sobre el escritorio, la elegante línea de su espalda, la suave curva de las caderas, el redondeado trasero. A pesar de ser muy menuda, tenía unas largas piernas.

Ella lo miró con cautela, pero obedeció de todos modos. Se dio la vuelta y permitió que él le colocara el cabello a un lado y le pusiera el collar alrededor del cuello.

Había tenido relaciones sexuales con ella. No debería haber ya ningún misterio sobre ella y, sin embargo, le quedaban tanto... El primer orgasmo había sido explosivo, pero le había llamado la atención que ella pareciera sorprendida. Quería saber por qué. Y también quería saber por qué hacía tiempo que ella no estaba con nadie.

Le abrochó el collar y dejó por fin que descansara sobre el pecho de Madeline.

–Déjame ver...

Tras agarrarle los hombros, hizo que se diera la vuelta lentamente. No era una frase hecha lo que había dicho sobre las joyas en una mujer, era la verdad. En realidad, no le parecía haber visto una joya en todo su esplendor hasta que se la ponía una mujer.

Sobre Madeline, el collar resultaba exquisito. Las enormes esmeraldas y los diamantes se entrelazaban en un engarce de platino. Algunos de los diamantes le caían sobre la curva de los senos, exigiendo así que él se fijara en la tentadora piel.

–Deberías ponértelo.

Madeline tocó el diamante que quedaba más abajo, el que prácticamente descansaba entre sus senos.

–Ya lo tengo puesto.

–Me refería en la exposición de Luxemburgo. Queda mucho mejor sobre tu piel.

Ella abrió la boca y, por el gesto de sus hermosos labios, Aleksei comprendió que estaba a punto de protestar.

–Madeline –dijo–, no digas nada sobre fronteras profesionales porque nos las saltamos todas anoche.

–Ocurrió, pero no va a volver a ocurrir –susurró ella con las mejillas sonrojadas–. Por lo tanto, las fronteras profesionales importan y mucho.

El deseo de besarla, de tocarla, de acariciarle la piel sobre la que relucían aquellos pequeños diamantes, resultaba casi imposible de resistir. Eso en sí mismo le dio la fuerza de voluntad para apartarse. Cualquier cosa, cualquier sentimiento que fuera tan fuerte...

Lo que sentía hacia ella era un deseo insatisfecho. Nada más. Lo había probado y necesitaba saciarse. Su reacción era simplemente la de un hombre hambriento que necesitaba satisfacerse.

No le gustaba utilizar la palabra «necesitar». Había necesitado a alguien con anterioridad y no tenía intención de volver a repetirlo. Eso significaba que iba a tener que negarse la excitación que le hervía en las venas.

Se podría buscar a otra mujer. La variedad era siempre lo mejor. Podía volver a las relaciones controladas que él prefería, la clase de relaciones que no incluían sexo espontáneo sobre un escritorio. Era mejor así.

—Quiero que te lo pongas –insistió.

—Podrías contratar a una modelo.

—Sobre ti se luce perfectamente. ¿Por qué tendría que pagar a una mujer delgaducha para que lo muestre cuando te queda perfectamente a ti?

Ella lo miró fijamente.

—¿Acabas de implicar que estoy gorda?

—No. Acabo de implicar que todas las modelos profesionales están demasiado delgadas. Tú tienes curvas. Eres una mujer.

Unas curvas que encajaban perfectamente en sus manos, unas curvas que estaba deseando volver a tocar.

—Las mujeres quieren ser delgadas, Aleksei. Por Dios, yo pensaba que tú eras una especie de playboy legendario. Me parece que deberías saber esto perfectamente.

En realidad, Madeline no estaba enojada con Aleksei. Bueno, al menos no sobre el comentario de las modelos. Se sentía furiosa consigo misma porque, en el momento en el que entró en el taller, había olvidado por completo las palabras que se había dicho aquel día al levantarse. Se había asegurado que era capaz de tener una aventura de una noche y encontrarse con él al día siguiente como si nada porque estaba muy segura de sí misma. Sin embargo, al ver a Aleksei, su seguridad en sí misma se había desmoronado y se había excitado un poco. Bueno, en realidad se había excitado mucho.

Cuando él le pidió que se diera la vuelta en el mismo tono de voz que había utilizado el día anterior, se había deshecho por completo. Física, pero no emocionalmente. Se había sentido... Le había resultado extraño que él se marchara inmediatamente después de tener relaciones sexuales. Sin embargo, había terminado alegrándose. No había razón para besos o abrazos. Esto formaba parte de hacer el amor. Ellos dos no habían hecho el amor sobre aquel escritorio. Aquello no había sido nada más que sexo. Ella lo deseaba. De nuevo. Jamás se había imaginado que el sexo podría ser tan bueno.

–La afirmación no me pareció insultante –dijo él–. Me gusta tu figura.

–Límites...

–Te gusta que cruce los límites...

Ella pensó que Aleksei iba a besarla, pero no lo hizo. Se limitó a mirarla. Sin embargo, con aquella mirada la deshizo por completo. Madeline esperó que él hiciera algún tipo de movimiento. No fue así.

La desilusión que se apoderó de ella la irritó profundamente. No debería sentirse desilusionada. Fue ella quien había dicho que sería solo una vez. Desgraciadamente, las habilidades amatorias de Aleksei eran adictivas. Tanto si ella estaba con él una o diez veces, el resultado sería el mismo. No había motivo alguno para prolongar la situación ni hacerla más importante que lo que podía ser.

No había sitio en su vida para líos emocionales. En realidad, Madeline ni siquiera creía que existiera el amor. Su hermano y su cuñada eran extremadamente felices incluso después de cinco años de convivencia. Por supuesto, algunas personas eran compatibles.

En realidad, nunca había visto el amor verdadero de cerca. Sus padres, ciertamente, no habían amado a nadie más que a sí mismos y mucho menos a una hija que ni esperaban ni deseaban. William tampoco la había amado. Todo lo que le hizo o todo lo que hizo tenía como único objetivo metérsela en la cama y que no se parara nunca a preguntarse por qué él nunca se quedaba a pasar la noche o por qué era un secreto que estuvieran juntos.

Había sido tan estúpida...

No volvería a serlo.

–No puedo negar que me gustó –admitió ella–. Sin embargo, eso no cambia el hecho de que fue una mala idea y que... que ahora tengamos que ocuparnos de nuestro trabajo.

–No logro ver qué tiene que ver todo esto con el hecho de que tú te pongas el collar. Aunque lo de ayer no hubiera ocurrido nunca, te he visto con el collar y tú eres la que quiero que lo lleve el día de la exposición.

–¿Como parte de mi trabajo? –preguntó ella.

–Como parte de tu trabajo.

–Está bien. Si es así, me lo pondré.

Aleksei era su jefe y, como tal, le estaba pidiendo que se pusiera el collar. Sin embargo, todo era un poco diferente porque los dos habían... estado juntos.

Razón de más para ponerse el collar. Si Madeline dejaba que unos cuantos momentos robados de placer

arruinaran su trabajo, habría saboteado su carrera profesional por el sexo. Eso sería una estupidez.

–Si necesitas un vestido, haré que te compren uno.

–Tú firmas mis nóminas, Aleksei. Ya sabes que me
puedo permitir un vestido si lo necesito.

–Es para un evento de la empresa. ¿No crees que debería proporcionártelo tu empresa?

–Tal vez, en circunstancias normales.

Aleksei se encogió de hombros.

–Yo pensaba que las circunstancias eran normales.

–Lo son, pero no del todo. Si me compraras un vestido, cuando nunca lo has hecho antes y dado lo que ha
ocurrido entre nosotros, me harías sentir barata.

–Eso no sería en absoluto mi intención.

–Sabes perfectamente bien que no sería apropiado
–insistió ella.

–Creo que es ridículo lo que dices.

–En absoluto. Tú tienes el poder en nuestra relación
y por eso no lo entiendes. Yo sé muy bien lo que es depender de otra persona para algo, ser la que está en desventaja. Ayer ocurrió lo que ocurrió, pero no va a volver
a producirse. Sin embargo, a pesar de eso, altera la diná-
mica entre nosotros. No voy a permitirte que... me com-
pres. Por lo tanto, te pido que me permitas comprarme
mi propio vestido.

–¿Me puedes explicar a qué viene esto, Madeline?
Porque estoy seguro de que no tiene nada que ver conmigo en concreto. ¿Cuándo me he portado yo contigo
como si te poseyera o como si quisiera que así fuera?

–Prefiero que no hablemos de esto.

–A mí me parece bien, pero pienso comprarte tu vestido.

–No, Aleksei...

–Madeline, creo que sigo siendo tu jefe. Tal y como

tú me recordaste muy elocuentemente hace unos minutos, yo firmo tus nóminas. El hecho de que haya tenido relaciones sexuales contigo no significa que, de repente, puedas mostrarte en desacuerdo con todo lo que te digo.

–Yo quiero elegirlo.

–Está bien. Confío en tu buen juicio en lo que se refiere a la moda.

–Bueno, menos mal.

–Por supuesto, tendré que darle mi aprobación.

–¡Por el amor de Dios, Aleksei!

–Es mi exposición y son mis joyas.

–Tu exposición en este caso es mi cuerpo.

–No te obligaré a llevar algo con lo que te sientas incómoda. Simplemente, quiero asegurarme de que me gusta cómo queda con el collar.

–Está bien. Me compraré varios vestidos que me gusten y te los mostraré. Entonces, devolveré los que no te gusten. ¿Te parece bien?

–Sí.

Aleksei le tocó el hombro. Su piel estaba muy acalorada. Entonces, con la otra mano, le desabrochó el collar y se lo quitó. El frío metal proporcionaba un fuerte contraste con el tacto de la piel de él.

¿Cómo era posible sentirse tan molesta con un hombre y desearlo tanto al mismo tiempo? Tal vez así funcionaban las cosas cuando el amor no andaba por medio. Si el deseo no tenía relación alguna con los sentimientos, no importaba lo que ella sintiera por Aleksei. Solo importaba que se sentía atraída por él.

En su interior, la relación de ambos estaba compartimentada. Aleksei como jefe. Aleksei como hombre con el que había tenido una relación sexual. Aleksei como hombre que, en ocasiones, la volvía loca. Mientras pudiera mantener todas aquellas imágenes separadas, todo iría bien. Y lo haría. No le quedaba más remedio.

Habían pasado dos semanas desde el encuentro sexual de Aleksei con Madeline. Dos semanas desde que la acarició y la saboreó. El poder de la atracción que sentía por ella era tal que aún recordaba la fecha exacta de su encuentro.

No había encontrado otra mujer. En ocasiones, había pensado en llamar a Olivia para disfrutar con ella de una breve y satisfactoria reconciliación, pero no lo había hecho. No sería en absoluto satisfactorio, al menos no del mismo modo que había sido estar con Madeline.

Quería más de ella. Hasta que pudiera disfrutarlo no podría desear a nadie más.

Había estado trabajando más en la oficina de Milán. En aquel momento, resultaba más conveniente por la exposición de Luxemburgo. También suponía una especie de tortura sexual que le resultaba muy intrigante. Ver a Madeline y no tenerla. Desear algo que no podía tener. Desear a alguien en concreto. Todo ello resultaba completamente fascinante.

Hacía mucho tiempo que no había deseado a una mujer en concreto. Había sido más una necesidad de sexo que el deseo de alguien en particular. Sin embargo, deseaba a Madeline. Seguramente se debía al hecho de que ella hubiera terminado lo que había entre ellos antes de que terminara por sí mismo. No recordaba que una mujer hubiera terminado nunca lo que había entre ellos. Siempre era él quien terminaba una relación.

El interfono de su despacho sonó. La voz de su secretaria se oyó en el altavoz.

–Madeline Forrester ha venido a verle, señor. Dice que tiene los vestidos.

–Hágala pasar.

Treinta segundos más tarde, la puerta de su despacho se abrió. Madeline entró con tres bolsas en la mano.

–Vengo a mostrarte los vestidos.

No la había visto con mucha frecuencia en las últimas dos semanas. Breves reuniones y encuentros casuales en el inmenso vestíbulo del edificio en el que estaba la sede de Petrova. Ella siempre se mostró cortés, pero distante. No obstante, le traicionaba el rubor que le teñía las mejillas cuando lo miraba.

Una vez más, al ver a Aleksei volvió a sonrojarse. Él se sintió muy satisfecho, pero decidió que, si lo deseaba, tendría que ser ella quien diera el primer paso. No pensaba perseguir a una mujer que se esforzaba tanto por fingir desinterés. Ella tendría que admitirlo, reconocer lo mucho que lo deseaba.

Madeline dio un paso al frente y colocó las bolsas sobre el escritorio.

–Las dejaré aquí para que eches un vistazo y luego me informes cuál es el que te gusta.

–De ninguna manera.

–¿No?

–No. Tienes que probártelos.

Ella se quedó boquiabierta...

–Eso no está bien...

–¿No? ¿Por qué? Te vas a poner uno delante de mí de todos modos y supongo que serán todos adecuados para poderse mostrar en público, ¿no?

–Sí.

–En ese caso, ¿cuál es el problema?

Madeline se mordió el labio mientras pensaba qué podía decir.

–Ninguno –dijo por fin.

–Puedes cambiarte ahí dentro –le indicó él mientras le señalaba la puerta del cuarto de baño.

Madeline recogió las tres bolsas y se metió en el cuarto de baño. Al escuchar que echaba el pestillo, Aleksei sonrió. Tenía que reconocer que seguramente era lo mejor para evitar que él sintiera la tentación de entrar y terminar desnudándola y poseyéndola sobre el lavabo.

Su cuerpo vibró para demostrar que aprobaba esa fantasía. La estuvo evocando un rato, mucho más de lo que normalmente se permitía, hasta que Madeline salió del cuarto de baño ataviada con un vestido largo de color verde esmeralda. Tenía escote palabra de honor, pero, para el gusto de Aleksei, era muy cerrado y no dejaba ver lo suficiente sus hermosos senos. No obstante, lo que en realidad le importaba era el efecto del collar sobre la piel de Madeline y no sobre el satén de color verde.

–Pruébate el siguiente –le dijo.

–A mí me gusta este –le espetó ella.

–Pues quédatelo pero no te lo pongas con mi collar.

Madeline se agarró la falta y volvió a entrar en el cuarto de baño. Estaba muy guapa incluso cuando estaba enojada, tal vez mucho más entonces. A Aleksei le gustaba su espíritu, como el hecho de que Madeline no temía enfrentarse verbalmente con él. Las mujeres en general buscaban su opinión. Hasta Paulina había buscado siempre su aprobación.

Madeline no era así.

Reapareció unos minutos más tarde con un vestido negro de corte sirena y mucho vuelo a partir de las rodillas. El escote era muy profundo y la piel que dejaba al descubierto resultaba tan tentadora que Aleksei casi no podía permanecer sentado.

El collar haría que el vestido quedara en un segundo plano mientras que atraería la atención a aquellos gloriosos senos sin dejar demasiado al descubierto. Sería perfecto.

–Este es –dijo él.

Se puso de pie y se dirigió hacia ella para poder mirar más de cerca.

–Tengo uno más –replicó ella dando un paso atrás.

–No. Es este.

Madeline frunció el ceño. Entonces, se puso la mano sobre la cadera. Aleksei no pudo evitar sonreír.

–Date la vuelta.

Madeline se giró muy lentamente. El vestido se le ceñía en el trasero que a él tanto le gustaba y destacaba la estrecha cintura. Sí, era el vestido perfecto. Todo el mundo la miraría con o sin collar.

Ella lo miró y Aleksei sintió el impacto de aquellos hermosos ojos azules. Recordaba perfectamente la última vez que ella lo miró de ese modo, con las mejillas ruborizadas y la respiración entrecortada. La última vez que ella lo miró de ese modo fue cuando terminó poseyéndola sobre su escritorio.

Al otro lado de la puerta se escuchaba el bullicio habitual de los empleados. Quitarle a Madeline aquel vestido y poseerla allí mismo sería una tontería, aunque muy tentadora.

La deseaba tanto... Sinceramente, no recordaba la última vez que el sexo había ejercido tanto poder sobre él. Tenía treinta y tres años. Había estado enamorado, casado y había perdido a su esposa. Había vivido una vida entera cuando cumplió los veintisiete. Con tanta experiencia, resultaba difícil cautivarlo.

Y, sin embargo, así era. No podía comprender lo que tenía Madeline que tanto le llamaba la atención. No podía entender por qué ella despertaba deseos en él que tanto tiempo llevaban enterrados. No obstante, no buscaba el amor en Madeline. Quería sexo. Satisfacción. Y, en su momento, ella había buscado lo mismo.

Y lo buscaba en aquel instante. Aleksei lo veía escrito sobre su hermoso rostro. Veía que el cuerpo de Madeline estaba tenso por el esfuerzo de la contención. La necesidad de ella reflejaba la de él. La última vez que se dejaron llevar, el resultado había sido explosivo. Aleksei quería dejarse llevar una vez más a pesar de que no era un hombre que cediera ante los vicios o las tentaciones.

Sin embargo...

–Estás muy guapa, Madeline.

–No necesito que tú me lo digas, Aleksei.

–¿Porque soy tu jefe?

–Porque no me gusta que los hombres utilicen cumplidos para tratar de seducirme.

–¿Te ocurre a menudo?

–Me ha ocurrido en un par de ocasiones. Prefería mil veces cuando me decías que querías sexo sin tratar de adornarlo con halagos. Al menos, era algo sincero.

–Y esto también. Eres muy hermosa, Madeline. Tengo que decirlo. Aunque no vuelva a tocarte nunca, tenía que decirlo.

La respiración de Madeline se aceleró y ella parpadeó rápidamente. A Aleksei le pareció que veía lágrimas en sus ojos, pero desaparecieron tan rápidamente como aparecieron. Su Madeline no lloraría nunca delante de él.

¿Cuándo había empezado a pensar en ella como algo que le perteneciera?

–Por favor, no... Aleksei –susurró.

Ver vulnerable a Madeline producía un extraño efecto

en él. Le hacía sentirse... responsable. Simplemente le hacía sentir.

—¿Acaso no crees ser hermosa, Madeline? —le preguntó él.

—No importa lo que yo pienso. Sencillamente no cambio cumplidos ni mentiras por sexo.

—Ese no era mi objetivo. Si decido seducirte, sabrás exactamente lo que estoy haciendo. Te volvería a besar, te apretaría contra mi escritorio... Jamás te mentiría para meterte en mi cama. Creo que los dos hemos demostrado que no tengo que hacerlo.

Madeline se sonrojó vivamente.

—Es cierto.

—Eso es algo de lo que puedes estar completamente segura. De mí, Madeline, puedes esperar sinceridad como jefe y como amante.

—Quiero creerlo —susurró ella.

—Te aseguro que no digo cosas que no siento ni manipulo a nadie para conseguir lo que quiero.

—En ese caso, gracias por decir que soy hermosa.

Madeline se apartó de él antes de entrar de nuevo en el cuarto de baño y cerrar la puerta a sus espaldas.

Después de que ella se marchara, Aleksei se dio cuenta de que Madeline, a su vez, no le había prometido a él sinceridad.

Capítulo 8

ÓMO va todo, Madeline?

Aquella voz turbaba sus sueños. Le daba órdenes explícitas, turbadoras y dulces palabras. Aquella voz, la que oía todos los días al otro lado de la línea telefónica, relacionada con temas laborales, tenía algo capaz de ponerle los pezones erectos y provocarle en el interior de su cuerpo un deseo incontenible. Había pasado un mes desde lo ocurrido sobre el escritorio de su despacho y dos semanas desde la última vez que ella le vio, justo antes de que él regresara a Moscú.

Y seguía deseándole.

–Todo está perfecto, Aleksei –le dijo ella mientras se arrebujaba con la lujosa colcha.

Estaba en Luxemburgo, en el castillo donde iba a tener lugar la exposición. Estaba ocupándose de los últimos detalles antes de que esta se inaugurara cuatro días después. Tenía la fortuna de poder alojarse en una de las fabulosas habitaciones del castillo.

La decoración era completamente medieval, aunque contaba con todas las comodidades posibles. Contaba con todos los detalles románticos: cama con dosel, lujosas sábanas y colchas... Ciertamente, la habitación era digna de una princesa.

–¿Te has asegurado de que alguien del equipo se ocupe de subir las escaleras? –le preguntó él.

Madeline se rebulló entre las sábanas. Deseó estar

ya vestida y no en la cama, con un camisón de seda que apenas le cubría los muslos.

—Te prometo que mis Manolos no se han acercado a un solo peldaño.

—Bien.

—¿Y tú? ¿Sigues todavía en tu despacho?

—No. Da la casualidad de que ya estoy en casa. En la cama.

Madeline sintió que el corazón se le sobresaltaba en el pecho. Agarró con fuerza el teléfono.

—¿De verdad?

—Sí. Incluso yo tengo que dormir de vez en cuando.

—Claro. Supongo que será muy agradable ponerte... cómodo con tu pijama.

Él soltó una carcajada que hizo que los pezones de Madeline ardieran de deseo.

—Nunca me pongo pijama.

El corazón de ella latía con fuerza. Tenía la respiración entrecortada. Antes de que pudiera pensar como es debido, le hizo el primer comentario que se le ocurrió.

—Entonces, supongo que eso significa que no llevas nada puesto...

—Nada en absoluto —respondió él. Su voz se había hecho más ronca y profunda.

Un suave gemido se escapó de los labios de Madeline.

—¿En qué estás pensando? —añadió Aleksei.

En el placer. En el aspecto que él tenía aquel día en su despacho, desnudo y desinhibido. En el sexo apasionado y maravilloso, un sexo que ni siquiera había imaginado que existía antes de conocerlo a él.

—En ti... En tu cuerpo...

Se produjo una pequeña pausa. Cuando Alexei volvió a tomar la palabra, su voz era ronca y tensa.

—¿Y tú, Madeline? ¿Llevas tú pijama?

Ella se mordió los labios y se acarició suavemente el camisón de seda. ¿Sería capaz de seguirle aquel juego? El corazón le latía con fuerza, el cuerpo le dolía... Un poco más.

–Llevo camisón. Es de seda y muy corto... De color rosa.

–Perfecto, pero creo que me gustarías más sin él.

La situación se estaba desmadrando. Agarró con fuerza la colcha para tratar de aferrarse un poco más a la cordura. No importaba que no se le ocurriera nada más que cuerpos desnudos entrelazados y la profunda satisfacción que él le había proporcionado. Resultaba demasiado fácil imaginárselo en la cama junto a ella, sin pijama, con la mano explorando la piel que había bajo el minúsculo camisón.

Quería que él siguiera hablando. Quería preguntarle si tenía una erección. Si estaba tan excitado como ella. Tenía la garganta completamente seca y las palmas de las manos empapadas de sudor. Las manos le temblaban de deseo.

Deseaba tanto a Aleksei que casi no podía respirar. Era una locura.

¿Qué era lo que estaba haciendo?

–Tengo que dejarte –susurró.

Se produjo una larga pausa. La tensión estuvo a punto de hacerla estallar. ¿Diría él algo más? ¿Le preguntaría si estaba excitada? Y, si lo hacía, ¿tendría ella la fuerza de voluntad como para colgarle el teléfono?

–Buenas noches, Madeline.

Ella experimentó desilusión y alivio a partes iguales. Tenía la garganta tan tensa que casi no podía hablar. Cerró el teléfono sin decir adiós y enterró el rostro en la almohada. Ni siquiera el teléfono era ya seguro para hablar con Aleksei...

¿Por qué no?

No estaban volviendo a la normalidad. Además, la llamada de teléfono que acababan de compartir distaba mucho de ser profesional. Solo habían disfrutado del sexo en una ocasión. No había ocurrido nada dramático ni horrible. Ella no estaba enamorada.

¿Por qué no hacerlo otra vez? ¿Por qué no dejarse llevar?

Un estremecimiento sacudió su cuerpo después de aquel pensamiento. ¿Podría hacerlo? ¿Podría disfrutar de una aventura sin ataduras? Disfrutar un poco más de las manos mágicas de Aleksei, de su lengua y sus labios. El cuerpo entero se le caldeó ante tal posibilidad. Entonces, se echó a temblar.

Estaba pensando en ser una mujer normal. En perseguir lo que deseaba. En olvidarse de aquel terrible error que había cometido y que, muy a su pesar, seguía controlándola.

Lo haría. No podía conseguir que su relación con Aleksei fuera normal, así que podría dejar que fuera lo que ella quería.

Lo único que tenía que hacer era volver a seducir a su jefe.

El salón de baile se había decorado para que pareciera salido de un cuento de hadas. El mundo real quedaba totalmente ausente de la fantasía que Madeline y su equipo habían creado en el castillo. Las relucientes joyas y piedras preciosas estaban expuestas sobre cojines de terciopelo colocados sobre pedestales.

Lo único que faltaba era la pieza más importante y la mujer que iba a exhibirla.

Madeline se había mostrado esquiva desde la llegada de Aleksei. Aquella llamada. Su voz susurrante. El gemido de deseo que ella había emitido cuando él le confesó que no llevaba nada puesto. Todo ello había causado a Aleksei más noches de insomnio de las que eran excusables para un hombre con su nivel de experiencia.

Había muchas mujeres en la exposición. Mujeres muy hermosas. Sin embargo, él no veía a ninguna.

Apretó el puño y respiró profundamente. La experiencia sexual que había tenido con Madeline estaba tan ligada a la fantasía que seguramente él la estaba ensalzando. El sexo no podía ser tan bueno. Ninguna mujer tenía esa clase de poder.

De repente, el vello se le puso de punta. Levantó la mirada y vio que Madeline descendía por la amplia escalera de mármol del gran salón de baile. Tenía el cabello recogido muy alto sobre la cabeza y la coleta le caía en cascada sobre un hombro. Sus hermosos ojos azules iban maquillados a la perfección. Llevaba los labios pintados de rojo.

Quería limpiarle aquel carmín a besos. Ver cómo se henchían y se sonrosaban como aquella noche. Se levantó de su mesa y se dirigió hacia ella. El deseo, la necesidad y la lujuria le abrasaban el vientre.

Madeline lo miraba con descaro. Su cuerpo resultaba muy tentador, pero eran los ojos los que lo mantenían cautivo. Aquellos ojos le ofrecían la invitación explícita que él tanto ansiaba aceptar.

Ella se detuvo frente a él y se lamió suavemente los labios.

–Tenías razón sobre el vestido. Es perfecto con el vestido –dijo mientras se tocaba delicadamente las esmeraldas con los dedos.

–Y también la tenía sobre lo hermosa que eres.

–No es necesario que digas eso... –musitó ella antes de bajar la mirada.

Aleksei le atrapó la barbilla entre los dedos y la obligó a levantar el rostro.

–Ya te dije, Madeline, que yo siempre digo la verdad.

Maddy respiró profundamente y extendió la mano para tocar la de Aleksei.

–¿Quieres bailar conmigo?

La mirada de él era tan ardiente que el cuerpo de Madeline respondió enseguida.

–¿Me estás pidiendo como empleada que baile contigo?

Ella se acercó un poco más.

–Espero que como tu amante...

Había necesitado todo el valor del que disponía para poder mirarle a los ojos al tiempo que pronunciaba aquellas palabras. No iba a avergonzarse de su deseo. Si Aleksei decía no, tendría que conformarse.

–Vamos...

Aleksei le agarró la mano y la condujo a la pista de baile. Allí, le colocó la mano en la parte baja de la espalda y la estrechó contra su cuerpo. Ella le rodeó el cuello con los brazos, gozando con el tacto de su piel, con su calidez, con su aroma. Le había echado tanto de menos...

Aquella afirmación le sorprendió tanto que la desechó inmediatamente. Por supuesto que le había echado de menos. Aunque la atracción que existía entre ellos no estaba basada en el amor, resultaba natural que ella echara de menos sus caricias. Así solía ocurrir entre amantes.

Madeline sonrió y apoyó la cabeza contra el torso de él.

–Madeline... si te sigues abrazando a mí de ese modo, no voy a poder aguantar toda la noche...

Ella levantó la cabeza y se apartó un poco.

–Bueno, he trabajado mucho en todo esto para que te lo pierdas. ¿Te parece bien?

Aleksei la miró y sonrió ligeramente.

–Es perfecto.

–Gracias.

Madeline quería creerlo, como quería creer que él era sincero cuando le decía que era muy hermosa, pero le resultaba difícil. Le costaba dejar de buscar motivos ocultos.

Aleksei le tocó el rostro y le deslizó el pulgar por el labio inferior antes de inclinarse sobre ella y darle un beso en los labios. Entonces, frotó la nariz contra la de ella y le dio un beso en la mejilla, en la mandíbula y el último justo por debajo de la oreja.

–Aleksei, por favor... Si sigues haciendo eso, no voy a poder terminar la fiesta.

–Yo no veo nada de malo.

–Estoy vendiendo el collar, ¿te acuerdas? Se supone que tengo que hablar con los invitados, dejarme ver...

–Se me había olvidado –musitó él. Le besó la curva del cuello y sintió cómo a ella se le ponía el vello de punta. Entonces, la miró atentamente–. ¿Qué te ha hecho cambiar de opinión, Madeline?

–Yo... Nuestra relación no está recuperando la normalidad. ¿Por qué añadir frustración sexual a la incomodidad?

Aleksei se echó a reír.

–Supongo que tienes razón...

–Es lo más práctico.

–¿Estás frustrada sexualmente? –le preguntó.

–Si no lo estuviera, no te habría hablado del modo en el que lo hice el otro día por teléfono.

–Y has decidido aliviar esa tensión.

–No se me ocurre un modo mejor y créeme que lo he intentado.

–Ese comentario ayuda a que mi ego se sienta mejor.

–Tu ego está estupendamente.

–No gracias a ti –dijo él. Le mordisqueó la suave piel del cuello y la alivió con la lengua.

–Aleksei...

–Está bien. Creo que bailar fue muy mala idea.

–Efectivamente. En realidad, ¿cuándo fue nada de todo esto una buena idea? –le preguntó ella con una carcajada.

Aleksei se fijó en el rostro de Madeline. Tenía los ojos muy brillantes y parecía estar excitada y nerviosa. Estaba tan hermosa... Aquello no era buena idea. Con solo mirarla, el corazón le latía más rápidamente. El hecho de que su corazón se viera afectado resultaba demasiado peligroso. Madeline era una llama y él se sentía cautivado por ella. Aunque sabía que era una mala idea, quería extender la mano y tocarla.

No la rechazaría. Estaba seguro de que no había peligro real para su corazón. Lo tenía demasiado duro. Las heridas que había sufrido en el pasado habían curado y habían dejado unas cicatrices demasiado duras como para que nadie pudiera penetrar en él. Lo que sentía por Madeline era simplemente deseo. Nada más.

Sabía que había fotógrafos cerca de ellos y que, discretamente, estaban haciéndoles fotografías. Sabía también que eso era bueno. Las fotografías evocarían romance y mostrarían a la perfección el collar que ella llevaba puesto. Sin embargo, no era del todo consciente de aquellas cosas. La mayor parte de su cuerpo estaba consumido por la necesidad de abandonar el salón de baile y subir a su suite tan rápidamente como fuera posible.

–Creo que, para nosotros, la fiesta se ha terminado.

–Creo que tienes razón –susurró ella.

Aleksei le agarró la mano y la condujo a la amplia escalera. Madeline miró de reojo a los reporteros. No se parecían en nada a los paparazzi que asaltaban a las personas en la calle. Aun así...

–Estaba pensando que podríamos buscar una salida lateral para marcharnos.

–¿Eso es lo que te gusta?

–No, pero hay prensa por todas partes.

–Razón de más para que nuestra marcha sea visible. Para que todo el mundo pueda ver el collar.

Aleksei le tocó el collar. Tenía la mano muy caliente, lo que le provocó a Madeline una oleada de calor por todo el cuerpo.

La prensa. Uno de los demonios personales de Madeline. Aleksei quería que ella saliera de su brazo, para que pareciera que se iban arriba para hacer exactamente lo que iban a hacer.

–¿Estás lista?

Madeline lo miró y sintió que el corazón le latía con fuerza. Sabía lo que estaba haciendo. Estaba haciendo exactamente lo que quería. No iba permitir que el miedo la derrotara.

–Estoy lista.

Él le colocó la mano en la espalda y comenzaron a subir la escalera. Entonces, salieron del salón de baile. Aleksei se detuvo en la puerta y le dio a ella un beso en la mejilla. De reojo, vio que una cámara captaba el momento.

Madeline trató de no acobardarse. Él le colocó la

mano en la nunca y se la acarició para aliviar la tensión. El vestíbulo también estaba repleto de invitados que, mientras comían canapés y bebían champán, admiraban las vitrinas, que contenían algunas de las joyas menos importantes.

—No te gusta la prensa.

—No.

Los detuvieron varias personas, principalmente mujeres que querían hacerse una fotografía con él y que querían examinar el collar que Maddy llevaba puesto. Ciertamente, era una pieza maravillosa. Por supuesto, Aleksei también lo era, en opinión de Madeline. Y él le pertenecía. Durante un tiempo, iba a ser suyo. El cuerpo se le tensó de placer y necesidad.

—Démonos prisa... —susurró ella cuando lograron escapar a otro grupo de invitados.

—Sabía que te había contratado por un motivo.

Los invitados eran menos numerosos junto a la escalera que llevaba a las habitaciones. Aleksei le agarró la mano y la hizo subir. Maddy lo siguió riendo. Se sentía feliz.

¿Cuándo fue la última vez que se sintió feliz? En realidad, no sabía si había sido plenamente feliz en alguna ocasión. Sin embargo, lo era en aquellos momentos. Se sentía... libre. Por primera vez en su vida, las cadenas del pasado no parecían estar sujetándola.

—Mi suite está por aquí —le indicó Aleksei mientras señalaba otra escalera que había en el centro de un largo pasillo.

—¿Tú también tienes una habitación en la torre?

—Por supuesto. El ático del castillo.

Ella se echó a reír y le agarró la mano con más fuerza mientras los dos subían rápidamente las escaleras. Cuando llegaron por fin frente a la puerta, Aleksei se sacó la llave y la metió en la cerradura. Su mano era tan fuerte, tan masculina... Era mucho más sensual de lo que cualquier hombre tenía derecho a ser.

Los músculos del vientre se le tensaron al recordar lo masculino que era por todas partes, al recordar lo que se sentía al tenerlo dentro.

Los dos entraron en la habitación. Él cerró rápidamente la puerta y le agarró la cintura con los brazos. Entonces, la apretó con fuerza contra la puerta.

Sus besos eran urgentes, apasionados. No había contención. Madeline comenzó a quitarle la corbata y la dejó colgando mientras empezaba a desabrocharle los botones de la camisa. Estuvo a punto de gemir de placer cuando dejó al descubierto el musculado torso.

Aquella vez, iba a explorarle a placer. Se tomaría su tiempo y disfrutaría de aquel maravilloso cuerpo. Le colocó las manos sobre el torso y sintió la fuerza con la que le latía el corazón.

–Veo que me deseas de verdad –susurró. Entonces, deslizó las manos hasta el lugar en el que la erección se le apretaba contra los pantalones. La apretó y escuchó cómo él contenía el aliento.

–Sí...

–Poséeme...

Aleksei no perdió el tiempo a la hora de aceptar su invitación. La tomó entre sus brazos y la llevó a la cama. Allí, la depositó suavemente sobre el colchón y luego empezó a quitarse la ropa, que fue arrojando descuidadamente sobre el suelo. Entonces, se quitó los zapatos de una patada y a continuación se despojó de los calcetines.

Ella extendió las manos y le agarró el cinturón. Se lo desabrochó rápidamente y le bajó de un tirón los pantalones y los calzoncillos. Después, le agarró la firme erección y comenzó a acariciársela. Gozó con los gemidos de placer que él emitía. El deseo de saborearlo, de hacerle lo que él le había hecho a ella en su despacho era abrumador.

Nunca antes había querido hacer algo así por un hombre. Con el hombre con el que había estado antes de Aleksei, simplemente lo había tolerado. Sin embargo, a Aleksei lo deseaba tan desesperadamente que se moría de ganas por darle placer.

Se acercó a él y le tocó suavemente la punta de la erección con la lengua. Aleksei se estremeció y lanzó un gruñido de placer. Madeline se envalentonó y siguió explorándolo con los labios y la lengua hasta que él le agarró las muñecas con las manos y la apartó.

—Así no. Esta vez no...

Madeline sacudió la cabeza. Estaba completamente de acuerdo. Ansiaba sentirlo dentro de ella.

Aleksei se sentó sobre la cama y le bajó la cremallera del vestido. Ella se puso de pie y dejó que la prenda cayera al suelo, alrededor de sus pies. Le encantó ver el deseo que se reflejaba en la mirada de Aleksei y en todas las partes de su glorioso cuerpo.

—¿Llevas toda la noche sin nada debajo de ese vestido?

Ella le dedicó una seductora sonrisa.

—Tenía una misión y la ropa interior no favorecía mis objetivos —admitió. Entonces, se llevó una mano al broche del collar.

—Déjatelo.

Madeline dejó caer las manos. Durante un instante, él se limitó a mirarla. Los pezones de Madeline se irguieron aún más. Resultaba increíble lo mucho que deseaba a Aleksei. El hecho de que ni siquiera deseara cubrir su cuerpo era indicativo de lo diferente que él hacía que se sintiera.

–Ven aquí, Maddy...

Ella obedeció. Se quitó los zapatos y se arrodilló en la cama. Entonces, se sentó a horcajadas encima de él. Aleksei le colocó las manos sobre las caderas y levantó el rostro para poder besarla lenta y suavemente. Madeline le agarró los hombros con fuerza.

Él centró sus atenciones un poco más abajo, depositando un apasionado beso en la base del cuello y en la clavícula. Después, se dedicó a los senos. Acarició un pezón con la lengua antes de metérselo en la boca. Madeline se echó a temblar. A continuación, Aleksei se dedicó al otro pecho y se mostró igual de concienzudo.

–La última vez se me olvidó hacer esto y, desde entonces, ha sido la parte más importante de mis fantasías.

Por último, se tumbó en la cama y tiró de ella. Madeline estaba sentada a horcajadas encima de él. La erección de Aleksei quedaba contra la parte del cuerpo de ella que estaba húmeda de deseo. Entonces, abrió el cajón y sacó un preservativo, que le entregó a Madeline.

Ella lo abrió sin perder tiempo y se lo colocó a Aleksei.

Él le colocó las manos en las caderas y, juntos, se unieron con un suave movimiento. Los dos emitieron sonidos de placer. Al principio, los movimientos de Madeline eran casi frenéticos. Estaba desesperada por alcanzar el orgasmo. Aleksei decidió ayudarla acariciándole el clítoris con el pulgar mientras ella se movía.

–¿Te gusta? –le preguntó sin dejar de mirarla...

–Sí... sí...

Con la mano que le quedaba libre, Aleksei comenzó a acariciarle un pecho y a torturarle el pezón entre los dedos. Entonces, hizo que el collar se moviera sobre la caldeada piel de Madeline. El frescor del oro contrastaba con el tacto ardiente de Aleksei. Aquel estímulo fue suficiente para que ella alcanzara el orgasmo.

Mientras gritaba de placer, Aleksei la agarró y se dio la vuelta con ella para poder colocarse en la posición dominante y Madeline de espaldas sobre la cama. Se hundió con fuerza en ella. Madeline le rodeó la cintura con las piernas. Aún estaba experimentando el orgasmo cuando él estableció su propio ritmo, lo que ayudó a Aleksei a llegar también al clímax.

Lo único que ella podía escuchar eran los gemidos de ambos y los latidos de su propio corazón. Aleksei la tomó entre sus brazos y la movió para que ella quedara parcialmente encima de él. Sus cuerpos ya no estaban unidos.

Permanecieron así un instante antes de que Aleksei se incorporara. Ella se levantó también con la intención de recoger su vestido y adecentarse antes de regresar a su habitación.

–No –dijo él–. Voy a deshacerme de esto –añadió. Se refería al preservativo–. Y tú te quedas.

–¿Quieres que comparta tu cama?

Parecía una intimidad peligrosa e innecesaria, pero una parte de Madeline quería quedarse con él. Compartir su calor y tal vez despertarse con la clase de placer que los dos acababan de compartir.

Madeline jamás había dormido con un hombre. Los problemas de tener un amante casado. Él siempre tenía que marcharse. Otra señal clara y evidente que ella había pasado por alto.

Decidió no seguir pensando en aquello.

–Está bien. Me quedaré.

Capítulo 9

AÚN no había amanecido cuando Maddy se despertó. Aleksei la tenía abrazada por la cintura y ella quedaba encajada perfectamente contra su cuerpo. Durante un instante, disfrutó con aquella sensación, la de estar tan cerca de otro ser humano, piel contra piel, respirando el mismo aire.

Era maravilloso.

Entonces, de repente, aquella intimidad le resultó demasiado abrumadora.

Se zafó de él y se levantó de la cama sin saber lo que iba a hacer. El cuarto de baño era la primera parada lógica. Entró y cerró la puerta.

Tras realizar sus necesidades, se lavó las manos y se echó agua fría en el rostro. Entonces, se miró en el espejo. Tenía el cabello revuelto y restos de maquillaje sobre las mejillas. Aún llevaba puesto el collar que valía más dinero de lo que vería nunca junto en toda su vida.

Se lo quitó y decidió que encontrar el lugar en el que Aleksei guardaba sus cosas de valor era lo primero que tenía que hacer antes de marcharse.

Cuando regresó al dormitorio, las primeras luces del alba habían comenzado a filtrarse por la ventana. Al ver su vestido negro aún en el suelo, lanzó una maldición. No tenía nada más que ponerse. Había ido al dormitorio de Aleksei con un vestido de noche y no tenía otra cosa para regresar a su habitación. ¿Y si la veía algún reportero o algún invitado?

Miró hacia la cama y observó a Aleksei. La sábana le cubría el cuerpo de cintura para abajo, dejando el torso desnudo. Lo que deseaba era regresar a la cama y despertarlo de un modo muy creativo.

En vez de eso, decidió ordenar un poco la habitación. Dejó el collar sobre la mesilla de noche. Aleksei podría guardarlo en la caja fuerte cuando despertara. Suspiró y empezó a recoger la ropa que los dos habían dejado sobre el suelo.

Cuando fue a recoger la americana de Aleksei del suelo, notó una pequeña cadena junto a ella. La tomó y comprobó que no se trataba simplemente de una cadena, aunque la luz era tan tenue que resultaba difícil ver lo que era.

Encendió la lámpara del escritorio y la examinó. No era una simple cadena. Era arte. Ramas de parra retorcidas con pequeñas espinas y delicadas flores. Estas estaban realizadas con pequeñas piedras rosadas, perlas y diamantes. Había cientos de flores, cada una de ellas tan delicada que el collar era de una sutil belleza. Solo cuando se miraba de cerca quedaba en evidencia el trabajo y el increíble diseño.

Lo había hecho Aleksei. Eso estaba claro. Sus joyas eran las más hermosas que ella había visto nunca, pero aquella sobrepasaba a cualquiera de ellas.

–¿Qué estás haciendo con eso? –le espetó Aleksei.

Ella se sobresaltó y se giró para mirar hacia la cama. Él estaba sentado sobre el colchón, sin poder apartar la vista del delicado collar que ella tenía entre las manos.

–Estaba en el suelo.

Aleksei la miró durante un largo instante y luego extendió la mano. Ella se acercó a la cama y depositó la cadena sobre la palma de su mano. Aleksei la acarició suavemente. Tenía una expresión distante en el rostro.

–Está diseñada para que se parezca a la *salsola* –dijo con voz ronca–. Es una mala hierba muy común en Rusia y creo que también en muchas partes del mundo.

–Es demasiado hermosa para ser una mala hierba.

–Sí, eso piensan también algunas personas. Mi esposa también lo pensaba. Crecían a las puertas de nuestra casa en Rusia. Ella no permitía que yo las arrancara.

A Madeline se le hizo un nudo en el estómago. ¿Esposa? Aleksei no podía tener esposa. Nadie, ni siquiera ella, podría ser tan estúpida como para cometer el mismo error en dos ocasiones.

–Tú... ¿estás casado? –susurró.

–No –respondió él.

El silencio se apoderó de aquel instante. Madeline estuvo a punto de preguntarle qué era lo que había pasado, pero no pudo hacerlo. Por el modo en el que él había respondido, había deducido que la unión no había sido disuelta por un juez.

–¿Cuánto tiempo hace? –le preguntó ella por fin.

–Seis años –respondió él mientras dejaba el collar sobre la mesilla de noche–. Yo estaba haciéndolo para ella. Se suponía que debía ser una sorpresa.

Sin embargo, ella jamás lo recibió y Aleksei jamás lo terminó. Estaba guardado en el bolsillo de su americana, muy cerca de su corazón.

Maddy se puso la mano sobre su propio corazón, que sangraba y sufría por lo que acababa de averiguar. No por sí misma, sino por Aleksei.

–Yo... no lo sabía.

–No es ningún secreto. No hablo sobre ello, pero salió en las noticias cuando ocurrió. Por supuesto, por aquel entonces, mi éxito era limitado y mi nombre solo se conocía en Rusia, lo que seguramente indica que no salió en las noticias de todo. Sinceramente, no lo sé. En aquellos momentos, lo que menos me importaba era la cobertura de los medios de comunicación.

Seis años. Habían pasado seis años desde que diseñó su última colección hasta la actual. De repente, todo adquirió sentido. Él no se había dedicado al diseño, pero había expandido su propia colección y había conseguido el éxito por todo el mundo.

Sin embargo, había perdido a su esposa.

–Paulina murió en un accidente de coche –dijo–. Sabía que tú no me lo preguntarías. Por eso, nunca puede haber nada más –añadió señalando la cama–. He terminado para siempre con el compromiso. Y con el matrimonio. No volveré a hacerlo nunca. No puedo.

–Yo no... No quiero casarme contigo. Ni siquiera creo en el amor.

–Yo sí, pero esa parte de mi vida ha terminado para siempre.

Madeline apretó los dientes. Se sentía en deuda con Aleksei. Aquella era la razón por la que no había querido saber la razón por la que él no tenía relaciones sentimentales. Por los sentimientos que ardían dentro de ella.

Después de saber los motivos de Aleksei, tendría que decirle los suyos. Tendría que hablar del momento más humillante de toda su vida. Contar lo estúpida que había sido. Tendría que admitir por qué, desde el principio, había sido tan vulnerable para un hombre como William.

–Madeline, ven aquí.

Ella se acercó a la cama. El corazón le latía con tanta fuerza que estaba segura de que él podía oírlo. Se subió a la cama y se tapó con la sábana. Él la estrechó entre sus brazos y la besó.

–El pasado no importa. Todo ha terminado –dijo él–. Lo que tenemos en la actualidad es el presente. Los dos comprendemos lo que es esto y los dos queremos lo mismo.

Madeline lo besó desesperada y apasionadamente. Aquello sí podía afrontarlo. Sexo. Necesidad. Lujuria.

Dejó a un lado todo su dolor y todo lo que estaba sintiendo y se dejó llevar por el deseo.

Era lo único a lo que podía enfrentarse en aquellos minutos.

El hecho de que Madeline se hubiera abstraído en sí misma después de enterarse de lo de Paulina no debería preocupar a Aleksei en absoluto. Sin embargo, así era. Él no hablaba sobre su esposa y mucho menos le mostraba a nadie el trozo del collar que había estado diseñando para ella.

No lo llevaba por pena. Hacía ya seis años de la muerte de Paulina y, aunque seguía lamentando profundamente su muerte, el agudo dolor se había ido suavizando con los años. Lo consideraba un recordatorio de lo que ocurría cuando una persona se permitía amar a otra. Cuando una persona se convertía en el mundo entero de otra y, de repente, ese mundo se desmoronaba.

En su momento, la muerte de Paulina había estado a punto de destruirlo. Se había pasado un año bebiendo demasiado y tratando de olvidar ahogándose en su miseria.

Entonces, se dio cuenta de que se iba a morir con ella si no conseguía seguir con su vida. Desde ese momento, había vuelto a tomar las riendas de su vida. Se había puesto de nuevo al frente de su pequeña empresa de diseño de joyería y la había convertido en el referente mundial que había estado tratando de conseguir desde antes de la muerte de Paulina.

En el mundo de los negocios, había tenido un rotundo éxito. Había ganado millones. El éxito había sido su antídoto contra la depresión. Sencillamente no había parado, incluso cuando ya no era necesario para su supervivencia.

Veía elementos de lo mismo en Madeline. Ella siempre parecía tener la armadura puesta. Le molestaba que eso le importara.

Alguien llamó suavemente a la puerta.

–Entre...

Era Madeline. Tenía un aspecto absolutamente respetable con una falda y un jersey. No habían hecho el amor desde que se marcharon de Luxemburgo hacía ya cuatro días y a Aleksei le sorprendía lo mucho que la echaba de menos. Había estado sin sexo durante periodos mucho más largos de tiempo. Dos años después de perder a Paulina. Sin embargo, por alguna razón, aquellos cuatro días le parecían una eternidad.

No quería pensar en el porqué.

–Tenemos un pequeño problema con el local para la exposición de París.

–¿Sí? –le preguntó él. Se reclinó sobre su butaca y trató de centrarse en la tarea que tenía entre manos y no en el maravilloso cuerpo de Maddy.

–Sí. Han duplicado la reserva por error y quieren que uno de los dos cambie la reserva para otro día.

–Pues que la cambien los otros.

–Eso es lo que les he dicho yo.

–¿Y?

–No me han dado una solución. No quieren comprometerse con nadie.

–Me lo imaginaba –dijo él secamente–. ¿Cuál es el número?

Madeline le entregó su teléfono móvil y le indicó la última llamada. Él apretó el botón. Lo que se produjo a continuación fue una larga conversación en francés que Madeline no pudo comprender. Ella hablaba un poco de francés, pero era tan bueno como su italiano.

Cuando Aleksei colgó la llamada, le entregó el teléfono. Al hacerlo, le rozó suavemente los dedos con los suyos, lo que produjo una oleada de agradables sensaciones por todo el cuerpo. Por el momento, no iba a enfrentarse a la atracción que había entre ellos. No habían tenido la oportunidad de estar juntos desde la exposición de Luxemburgo, pero ella seguía pensando lo mismo sobre su relación.

–¿Has conseguido algo? –le preguntó.

–Por supuesto.

–Por supuesto –repitió ella con una sonrisa.

Aleksei rodeó el escritorio y la tomó entre sus brazos. No la besó de inmediato. Sencillamente, apoyó la cabeza sobre el cabello de ella y comenzó a acariciarle suavemente la espalda. Ella inhaló su aroma, tan familiar y tan excitante.

Cuando por fin la besó, él colocó el pulgar y el índice en la barbilla y la obligó a levantar el rostro antes de apretar suavemente los labios contra los de ella.

–Te he echado de menos...

–Yo también...

–Te necesito esta noche –dijo él antes de besarla de nuevo.

–Sí...

–Tengo una suite reservada en el Hotel del Sol.

El alma se le cayó a Madeline a los pies. Intentó no ceder a las náuseas. Aleksei no tenía una esposa en casa que estuviera ocultando. ¿Qué había esperado? ¿Que la invitara a su apartamento de Milán? Ella tampoco lo invitaría a él al suyo. Sería como permitir que invadiera su espacio y no le parecía que eso fuera lo que hacían las personas que se implicaban en una relación puramente sexual.

Esos pensamientos no la ayudaron. Temió ponerse a vomitar.

–Yo... Tal vez esta noche no...

–¿Es que no te parece bien lo de la suite, Madeline? –le preguntó él tras soltarla y dar un paso atrás–. ¿O acaso es que el hotel no es lo suficientemente elegante?

–Basta ya, Aleksei. Yo jamás me he comportado de ese modo y lo sabes.

Él apartó la mirada.

–Bien. Si estás ocupada, estás ocupada.

–Lo estoy –replicó ella secamente.

–Hasta mañana, Madeline.

Aleksei regresó al otro lado del escritorio y se sentó. Centró su atención en la pantalla del ordenador.

Prácticamente Aleksei la había echado de su despacho. En realidad, había sido ella quien había dicho que no, entonces, ¿qué derecho tenía a mostrarse enfadada y herida? Ella apretó los dientes y se marchó del despacho.

No importaba si tenía derecho o no a mostrarse enojada y herida. Lo estaba. Y mucho.

Aleksei no suplicaba a las mujeres que vinieran a él. Se acercaban a él sin más. Aquella era la experiencia que él tenía en la vida, incluso antes de tener tanto dinero. Simplemente se había hecho más frecuente desde que facturó su primer millón.

Sin embargo, estaba a punto de suplicar. Su cuerpo estaba insatisfecho y el sueño le eludía.

Mantuvo el dedo sobre el botón para marcar directamente el teléfono de Madeline. La recordó completamente desnuda, con el vestido negro a sus pies. Esa imagen se mezcló con la profunda tristeza que vio en sus ojos azules la última vez que estuvo en su despacho.

Marcó. Al diablo el orgullo.

–¿Sí?

Su voz parecía indicar que había estado durmiendo. O llorando. Se le hizo un nudo en el estómago al pensarlo. Hacerle daño a Madeline no era parte de sus planes.

–Maddy.

–Aleksei... Son más de las once.

–Lo sé. ¿Quieres venir a mi apartamento? Está encima de mi estudio.

–Yo... Sí.

–¿Quieres que te mande un coche?

–No. Puedo ir en mi coche. Estaré allí dentro de diez minutos.

Fueron unos diez minutos muy largos. Cuando oyó el timbre, Alexei la dejó entrar inmediatamente. Cuando ella llegó a la puerta del apartamento, ya la tenía abierta para ella. Al verla, la estrechó entre sus brazos y la besó.

–Entra.

Ella lo hizo inmediatamente y Aleksei cerró la puerta a sus espaldas. No tenía mucha paciencia. Llevaba horas necesitándola y, en aquellos momentos, la necesitaba aún más.

–El salón no es muy bonito –comentó mientras la tomaba de la mano–. Te mostraré el dormitorio.

Madeline sonrió.

–Qué directo eres, Aleksei.

–Pero ha funcionado, ¿verdad?

–Por supuesto...

Él la condujo a través del enorme salón hasta las puertas dobles que separaban su dormitorio del resto del apartamento. Normalmente, no llevaba mujeres a sus residencias, sino a hoteles. Sin embargo, no le parecía que Madeline estuviera invadiendo su espacio. En realidad, como no pasaba mucho tiempo en Milán, aquel apartamento bien podía ser un hotel.

–Me gusta –dijo ella mirando a su alrededor cuando llegaron al dormitorio–. Es muy masculino.

–¿Sí? –comentó él riendo–. Contraté a alguien para que lo decorara.

Madeline sonrió y se quitó la chaqueta. La dejó sobre una silla que estaba muy cerca de la cama.

–Pues hicieron muy buen trabajo. La cama parece muy acogedora, aunque eso podría deberse a la compañía y no a la ropa de cama negra...

Aleksei la tomó entre sus brazos y enredó los dedos en la sedosa melena castaña antes de besarla. Lo hizo con toda la pasión que amenazaba con abrasarlo por dentro.

Ella le devolvió el beso y le enmarcó el rostro entre las manos. Sus delicados dedos le acariciaban suavemente el rostro. Aleksei la tumbó sobre la cama y los dos se echaron a reír.

–Sí, eres muy directo –comentó ella riendo y abrazándole. Entonces, separó las piernas para que él pudiera acomodarse entre ellas.

Aleksei no recordaba la última vez que se había reído con una mujer. La última vez que el sexo había sido algo personal. La última vez que le había importado con quién estaba.

De hecho, sí que podía. La última vez había sido también con Maddy.

Entonces, empezó a costarle pensar porque ella le sacó la camiseta por la cabeza y la arrojó al suelo. Después, le puso las manos sobre el torso y empezó a explorar. A torturarle.

–*Milaya moya*... Eres letal –susurró mientras le sacaba a ella la camiseta por la cabeza para dejar al descubierto un sujetador rosa chicle que le hacía un escote perfecto.

Se deshizo rápidamente del sujetador y dejó al descubierto los hermosos senos. Ningún postre le habría podido resultar nunca más tentador.

–¿Qué significa eso? –preguntó ella mientras él le depositaba tiernos besos sobre los senos.

–Significa «mi tesoro» –respondió él antes de ocuparse de uno de los rosados pezones con la lengua–. Y tú eres un tesoro para mí.

Aleksei le quitó los vaqueros y las braguitas para dejarla completamente desnuda. Entonces, volvió a centrar su atención en los senos. Ella se arqueó debajo de él emitiendo dulces sonidos de placer que lo recompensaban a él de un modo que jamás hubiera creído posible. Siempre le gustaba satisfacer a sus amantes, pero nunca antes le había resultado tan esencial para su propio disfrute.

Le deslizó las manos por el cuerpo y, entonces, se retiró un poco para poder admirarla. Piel blanca, senos rotundos y un estómago muy liso. Era tan hermosa, tan perfecta.

El deseo se apoderó de él. Le besó el vientre. Ella le mesó el cabello mientras él se disponía a trasladar su exploración a un territorio más al sur. Le encantaba su sabor. Adoraba los sonidos que ella emitía cuando la acariciaba el clítoris con la lengua.

Madeline le tiró suavemente de los hombros.

–Ahora –dijo–. Por favor. Te necesito ahora.

Aleksei se puso de pie y se sacó la cartera del bolsillo del pantalón. Se quitó los vaqueros y la ropa interior y los arrojó al suelo con el resto de la ropa. Entonces, abrió la cartera y sacó un preservativo.

–Lo tengo yo –dijo ella. Se había puesto de rodillas para arrebatárselo de la mano.

Madeline lo abrió y se lo colocó. No tenía mucha experiencia. Aleksei se había dado cuenta de ello la última vez que estuvieron juntos. Sin embargo, su seguridad en sí misma y el evidente deseo lo compensaban todo. El hecho de que le pusiera el preservativo muy lentamente lo convirtió en una tortura aún más dulce.

Se tumbó encima de ella. Madeline separó las piernas para él. Aleksei comprobó que ella estaba preparada y la penetró con un único movimiento.

–Ah, sí... –suspiró ella.

Se agarró a los hombros de Aleksei y le clavó las uñas. Después, entrelazó las piernas alrededor de las pantorrillas de él y echó la cabeza hacia atrás con evidente placer. Aleksei le besó el cuello y los labios y comenzó a establecer un ritmo que los empujó a ambos hasta el fin.

Madeline se arqueó bajo él, jadeando. Los sonidos de placer que ella emitía hicieron que Aleksei alcanzara el orgasmo. Ella lo siguió instantes después, apretando con fuerza sus músculos internos. El placer fue más intenso que nada de lo que Aleksei hubiera experimentado nunca.

Se tumbó junto a ella y la estrechó entre sus brazos. Maddy se acurrucó junto a él.

–Siento mucho lo de antes –susurró ella.

–Yo te hice daño, Maddy. No me enorgullezco de eso, aunque no sepa la razón por la que te hice daño.

–Yo... En realidad no fue culpa tuya. No hay razón para que sepas el porqué.

Aleksei apretó los dientes. Una parte de él quería presionarla. La otra quería volver a besarla y compensarla del mejor modo que se le podía ocurrir. Él no solía charlar con sus amantes en la cama ni trataba de sacarles información.

–¿Quién te hizo daño?

Se dio cuenta de que realmente quería saberlo. Quería saberlo para matar a quien hubiera sido. Quería asegurarse de que él no era el hombre que le había provocado aquella expresión tan triste.

Madeline se echó a reír y se apartó de él.

–Es una pregunta cargada.

–No importa –insistió él. Se puso de costado para poder mirarla.

–Supongo que podemos empezar con mis padres –susurró ella sin mirarle–. Ellos simplemente no... No les gustaban demasiado los niños y a mí no me esperaban. Llegué tarde e inesperadamente. Ya habían criado a mi hermano y no querían... Yo tengo quince años menos que Gage. Yo tenía diez años cuando se fueron de viaje... Ni siquiera sé para qué. Habían dejado que mi niñera se marchara y la nueva no había llegado. Estuve sola tres días sin comida, no porque no hubiera dinero, que había en cantidad. Simplemente se olvidaron. Llamé a Gage y él vino a buscarme. No regresé jamás a esa casa.

En su voz no se reflejaba dolor alguno. Aquello era algo que Aleksei conocía bien. La total separación de todos los sentimientos. La otra opción era verse consumido por la tristeza. Los dos habían seguido con sus vidas y habían encontrado el éxito en vez de dejarse llevar por la destrucción.

–Gage se portaba muy bien conmigo –prosiguió Maddy–. Incluso se aseguró de que fuera al baile de fin de curso. No sé si pagó a mi acompañante o fue por una apuesta, pero el caso es que fui. Yo... yo lo pasaba mal con los amigos y los chicos porque no... no me tenía en mucha estima por razones evidentes. Es decir, si tus padres no te quieren resulta difícil creer que nadie pueda quererte. Entonces, conocí a William. Él era mi jefe. Cuando me gradué de la universidad me dieron una beca. Siempre era muy amable conmigo. Me alababa y me decía que era muy hermosa. Cuando empezó a insinuárseme, yo me sentí realmente halagada. Resultaba tan agradable que alguien me deseara...

Maddy se giró y se colocó de espaldas a Aleksei antes de seguir hablando.

–Yo era tan tonta... Solo quería que me amaran. Me sentía desesperada. Mis padres no me habían dado nada y aquel hombre... Era mayor que yo, poderoso y guapo. Me dijo que me amaba...

–Muchas chicas jóvenes cometen ese error.

Madeline se sentó en la cama y dejó que la sábana le cayera hasta la cintura.

–Sí. Muchas chicas pierden su virginidad con hombres que les dicen que las aman pero que simplemente las están utilizando. Lo sé. Sin embargo, no hay muchas chicas que rompan matrimonios. Eso fue lo que hice yo. Salió en los periódicos y en las noticias porque su esposa era una modelo y actriz bastante famosa. Durante unos meses, salía constantemente en los periódicos.

–¿Estaba casado?

–Sí, pero yo no lo sabía. En ocasiones, me pregunto si me permití vivir en la ignorancia. Yo no hablaba con el resto de los empleados. No le conté a nadie lo de William. Tampoco le preguntaba cuando me llevaba a hoteles y se marchaba justo después de... Ese es mi oscuro secreto. Sin embargo, supongo que, si lo hubieras buscado en Internet, lo habrías descubierto a pesar de que eso fue hace ya cinco años.

–No importa que lo supieras o no, Maddy. Un hombre es responsable por mantener sus votos matrimoniales. Yo jamás le fui infiel a mi esposa cuando estuve casado. Yo la amaba y nadie podría haberme tentado para romper las promesas que le hice.

–Yo... Yo debería... Debería haber elegido mejor.

–Él se aprovechó de ti. No puedo respetar a un hombre que se aprovecha de las debilidades de otra persona, en especial de una muchacha vulnerable. No merece llamarse hombre.

–Nadie más lo vio de ese modo –susurró ella–. Yo jamás lo vi de ese modo. Los titulares tenían razón. Yo soy una destrozahogares.

–A la prensa le encanta el escándalo. Sin embargo, no dejes que ellos decidan la opinión que debes tener de ti misma. El que destrozó su hogar fue tu jefe, no tú.

Maddy dobló las rodillas y se las pegó contra el pecho. El corazón le latía a toda velocidad y le temblaban las manos. Nunca antes le había contado a nadie la historia completa de su vida y lo había hecho con Aleksei. Sin embargo, él no la miraba con desaprobación, sino casi con ternura. No lo podía comprender.

Por mucho que le había dolido ver los titulares, le había parecido una penitencia. Algo necesario. Había abrazado su culpa porque le había ayudado a bloquear el dolor de su corazón roto.

–¿Sabes lo peor de todo? –le preguntó ella. Casi se sentía desesperada porque Aleksei la condenara y confirmara su culpa–. Vino a mí, cuando se terminó todo, y me dijo que me amaba. Me dijo que quería que me quedara con él –añadió, entre lágrimas–. Me sentí tentada porque no quería perderlo a él ni los sentimientos que me hacía creer. Me dijo que era muy hermosa y muy especial... Creo que eso me gustaba más de lo que me gustaba él.

–Por eso te cuesta tanto aceptar mis cumplidos.

Una vez más, Aleksei no la condenó.

–Sí. No significaban nada cuando me los decía William. Eran tan solo un modo de controlarme a mí y funcionó. La palabra «amor» es mucho más eficaz para mantener a alguien prisionero que las cadenas. Yo estaba tan... desesperada. Odio esa parte de mí misma. Desde entonces, he hecho todo lo que he podido para no necesitar.

Aleksei la miró. Tenía una expresión inescrutable en el rostro.

–¿Cómo es posible que no me odies por todo lo que te acabo de contar?

–Porque no te lo mereces, Maddy –respondió él mientras la tomaba entre sus brazos. Madeline se desmoronó por completo y siguió llorando–. Tú no te lo merecías. Ni el modo en el que te trataron tus padres ni el modo en el que ese hombre te manipuló. Tú tienes que verte como eres. Eres una mujer muy hermosa.

Madeline siguió llorando. Los sentimientos que estaba experimentando parecían demasiado grandes como para que pudiera contenerlos su cuerpo. Dolor. Ira. Aceptación... Y algo más, algo que la asustaba por su fuerza.

No podía cortar las lágrimas. Necesitaba aquel desahogo, lavar el sentimiento de culpabilidad que habitaba en ella desde hacía tanto tiempo.

Ella había sido una víctima joven e ingenua. Una niña abandonaba y una mujer adulta muy necesitada emocionalmente. Sin embargo, ya no podía permitir que esos sentimientos siguieran controlándola. Tenía que dejarlos ir.

Aleksei seguía estrechándola entre sus brazos cuando por fin se tranquilizó. Inhaló su aroma y sintió que una profunda paz se apoderaba de ella, una paz que no había conocido nunca. Él simplemente la abrazó en silencio, pero nunca antes algo había significado tanto para ella.

—¿Sabes una cosa? —le preguntó en voz muy baja—. Tú me diste mi primer orgasmo.

—¿Cómo dices? —replicó él con incredulidad.

—Creí que deberías saberlo.

—Ahora sí que quiero matar a ese canalla.

—¿Por qué?

—Lo menos que podía haber hecho era esforzarse un poco contigo.

—Ahora ya no importa. Me alegra haber aprendido todo lo que sé de ti.

Maddy se acurrucó contra él. En aquellos momentos, simplemente se sentía feliz por estar con él. Ya lo pensaría mejor por la mañana. Tal vez entonces incluso el pánico se apoderaría de ella. Sin embargo, por el momento, tan solo iba a disfrutar.

Capítulo 10

SALGAMOS hoy por ahí –le dijo Aleksei desde el sofá.

Maddy se volvió para mirarlo, sorprendida de que aún no la hubiera enviado a paseo. Se había pasado la noche en su apartamento, un apartamento al que se había resistido a invitarla. Entonces, le había preparado el desayuno y se lo había llevado a la cama.

En aquellos momentos, era casi mediodía y aún no parecía estar intentando librarse de ella. De hecho, le estaba sugiriendo que pasaran el día juntos. Fuera de la cama. Parecía una violación de los términos de «estrictamente sexual» que habían puesto como regla.

–¿Quieres salir? –le preguntó ella. Rodeó la encimera de la cocina y fue a sentarse con él en el sofá–. Nos podríamos quedar aquí.

–Sí, claro. Pero yo quiero que salgamos.

–Solo tengo una camiseta y unos vaqueros. A menos que quieras parar en mi casa...

La noche anterior había salido corriendo sin preocuparse del maquillaje o del perfume o de cualquier otra de las cosas que un hombre como Aleksei esperaría de una amante.

Sin embargo, él la deseaba de todos modos. Le había dicho que era muy hermosa. No la había juzgado.

Sentía un nudo en el pecho, como si este estuviera demasiado lleno. Era una sensación muy extraña, completamente desconocida para ella. Le daba la sensación de que no quería saber su nombre.

En vez de pensar en ello, respiró profundamente y trató de aliviar aquel sentimiento de plenitud.

–Además, creo que estás muy sexy con vaqueros –añadió él.

Maddy se echó a reír. Se sentía tan feliz, tan aliviada...

–En ese caso, siempre que tú optes por algo informal, vamos bien.

Aleksei le agarró la mano y se la apretó sin dejar de mirarla a los ojos. Entonces, bajó la cabeza y le dio un beso en la palma de la mano.

–Hoy me agrada hacer lo que a ti te venga bien.

Ella apartó la mano y le dio un beso en los labios. Trató de ignorar el martilleo de su corazón o el modo en el que se sentía cuando Aleksei la miraba de aquel modo. Cuando decía cosas que, evidentemente, iban más allá de los límites del dormitorio.

El mercado de antigüedades de Naviglio estaba a rebosar. El ruido de las voces gritando y riendo hacía que a Aleksei le resultara difícil oír lo que Maddy le decía.

Nunca antes había disfrutado con aquel tipo de cosas. Siempre había preferido los restaurantes íntimos o pequeñas reuniones de amigos. Sin embargo, el gesto que había en el rostro de Maddy hacía que mereciera la pena. Sus ojos azules relucían de alegría contemplando los diferentes puestos.

A menos que estuvieran en la cama, resultaba extraño verla tan relajada. No paraba de sonreír.

Aleksei se alegraba de haberle dado un motivo para sonreír. Nadie más lo había hecho. El destino era cruel. Eso era indudable.

Paulina era un ejemplo evidente de eso. Su esposa había sido tan joven, con tanta vida por delante. Todo se le había arrebatado en un instante.

En cuanto a Maddy, dio gracias por que ella tuviera a su hermano. Si no, no habría tenido a nadie. Podría ser que ni siquiera hubiera sobrevivido a su infancia. Había oído hablar de su familia. Eran ricos, pertenecientes a la élite de la sociedad. Y habían sido capaces de dejar a su hija sin comida.

Apretó los puños. A todo eso, había que añadir lo de su anterior jefe. El hombre que se había aprovechado de una muchacha joven con una gran necesidad de afecto, algo que él sabía perfectamente. Canalla.

Por eso estaban en el mercado. Maddy se merecía algo que le hiciera sonreír. Se merecía ser feliz. Que alguien la tratara con consideración. Él no podía amarla ni podía darle todo lo que se merecía, pero podía conseguir que fuera feliz durante un rato.

Notó que los ojos se le iluminaban aún más cuando vio los botes turísticos que había amarrados en el canal. Los barqueros cobraban una cifra exagerada por un paseo de diez minutos. Sin embargo, el dinero no era impedimento alguno para él.

–¿Te gustaría montar?

–Es muy turístico... –respondió ella con una expresión dulce y abierta.

–Técnicamente, yo soy un turista –dijo él encogiéndose de hombros–. No paso mucho tiempo en Milán y tú solo llevas viviendo aquí... ¿cuánto tiempo? ¿Tres meses? Los dos somos turistas.

–Es cierto –admitió ella–. Está bien.

–Veo que no me he tenido que esforzar mucho por convencerte –comentó él mientras pagaba a uno de los hombres y ayudaba a Maddy a subir al bote.

Ella se acurrucó contra él y entrelazó sus brazos con los suyos.

–Lo sé, pero es que me apetecía mucho ir.

Aleksei se echó a reír.

–Ya me he dado cuenta.

Maddy reconoció que el paseo en barca fue una tontería, pero era tan romántico... Tenía en el rostro una sonrisa. No le importaba que hubiera otras diez personas en el barco. En realidad no los veía. No podía verlos cuando Aleksei estaba tan cerca.

De repente, se dio cuenta de que no debería estar buscando el romance, sino huir despavorida en la dirección opuesta. Eso no formaba parte del trato. Con mucha frecuencia, el romance se asociaba al amor y ella... Ella aún no confiaba en sí misma lo suficiente.

Se había perdonado por lo ocurrido con William, pero aún debería aprender de ello. Su deseo por sentirse amada la había obligado a olvidarse del sentido común. Le había hecho comportarse alocadamente. No tenía deseo alguno de volver a pasar por lo mismo.

Sin embargo, decidió que lo mejor era vivir el momento. Estar con Aleksei. Su relación era temporal. Terminaría cuando uno de los dos se cansara. Lo sabía y debería tenerlo en mente para que no hubiera sufrimientos posteriores.

Sintió una ligera molestia en el pecho, que decidió ignorar. No iba a sufrir. Por supuesto, resultaba difícil imaginar que alguien se cansara de Aleksei. Era tan bueno en la cama... Además, era amable, considerado. Por lo tanto, cuando todo terminara, sería natural que lo echara de menos. Contuvo un suspiro.

El barco se detuvo donde habían empezado. Aleksei se levantó y salió para ayudarla a ella a salir a la acera. Maddy le agarró la mano y dejó que él tirara de ella.

Entonces, el zapato se le resbaló sobre las piedras de la acera y se golpeó la rodilla con el borde rocoso del canal. Además, se arañó la otra contra las piedras antes de caer de golpe de nuevo en el barco, casi encima de otro pasajero.

—Ay —dijo. Entonces, trató de volverse a poner de pie.

Aleksei volvió a saltar al barco inmediatamente, rugiendo en airado italiano al pobre guía turístico. Entonces, se arrodilló a su lado.

—¿Te encuentras bien, Maddy?

—Yo... ahhh. Estoy bien. Es decir, me duele, pero no estoy herida.

Aleksei se inclinó a su lado y la tomó en brazos. Ella lanzó un grito y se agarró a él mientras se ponía de pie y salía de nuevo a tierra firme.

—Estoy bien —repitió ella al ver que Aleksei no la dejaba en el suelo. Por fin, él hizo ademán de dejarla en el suelo—. ¡Ay! —exclamó cuando se apoyó en la rodilla que se había golpeado con más fuerza.

—No estás bien.

—¡No tengo nada roto!

—Eso no lo sabes.

—Bueno, sí. Creo que lo sé dado que no estoy incapacitada por el dolor.

—Pero te duele cuando te apoyas.

—Sí, probablemente porque me saldrá un buen hematoma, pero nada más que eso.

—Ven aquí —dijo él. La guio entre la multitud y la condujo a una parte de la plaza menos concurrida—. Siéntate —le ordenó señalando un banco.

—Sí, amo —replicó ella, pero obedeció de todos modos porque le dolía mucho.

—Maddy...

–Lo siento, pero es que eres tan intenso... Solo me he caído y me he golpeado las rodillas.

Aleksei se arrodilló frente a ella y le remangó los vaqueros con cuidado de no rozarle la piel magullada con la dura tela. Maddy había estado en lo cierto sobre lo del hematoma. Ya se le estaba poniendo de un color muy llamativo e incluso se le estaba hinchando. Maddy se tocó suavemente la rodilla.

–Ay...

–Pues no te lo toques, Maddy.

Era raro ver a Aleksei preocupado por ella. Cuando estaba preocupado, reaccionaba con ira, tal y como le había pasado al verla en la escalera.

–¿Cómo tienes la otra pierna?

–Seguramente está sangrando.

–Regresemos a mi apartamento.

El paseo de vuelta a la casa de Aleksei era muy corto, pero parecía más largo por el golpe que tenía en la rodilla. Cuando estuvieron arriba en el salón, él la obligó a sentarse en el sofá y fue a buscar el botiquín.

–Tal vez deberías quitarte los vaqueros –le dijo cuando regresó.

Ella se echó a reír y se puso de pie. Entonces, se bajó la cremallera y trató de quitárselos lo más cuidadosamente posible. Cuando lo hubo hecho, volvió a sentarse en el sofá. Aleksei se arrodilló frente a ella y se colocó la pierna magullada sobre sus muslos para poder examinarla mejor.

–¿Crees que necesitarás que te la venden? –le preguntó él.

–No lo creo. Estoy bien.

Tras realizar unos sencillos movimientos, se colocó la otra pierna sobre los muslos. Maddy tenía una herida muy desagradable, pero que no resultaba tan dolorosa como el hematoma.

Aleksei sacó un antiséptico del botiquín y lo aplicó a la herida. Maddy protestó cuando la medicina comenzó a surtir efecto. Él la miró con preocupación. Maddy sintió que su corazón estaba tan lleno que se temía que fuera a estallar.

Cuando él se dispuso a limpiarle la herida con una gasa, algo despertó dentro de ella. ¿Cuándo fue la última que alguien, aparte de su hermano, se había preocupado por ella? Seguramente para Aleksei no significaba nada. Después de todo, vendar una herida no constituía un elemento de seducción.

Tragó saliva e intentó ignorar las lágrimas que le estaban empezando a llenar los ojos. ¿Qué le pasaba? No quería establecer un vínculo emocional con nadie, y mucho menos con Aleksei. Él amaba a su esposa. Aún llevaba su collar.

Maddy ni siquiera creía en el amor. No lo había visto nunca. Gage había sido bueno con ella porque él era sencillamente demasiado amable como para hacer menos.

Ella respiró profundamente y trató de contener las lágrimas.

–Yo... Gracias –dijo. Se puso de pie y recogió los vaqueros que tenía en el suelo. Se los puso lentamente tratando de no quitarse las tiritas que él le había colocado

–Debería marcharme.

–¿Por qué, Maddy? Ninguno de los dos tenemos que trabajar mañana.

–Porque esta es tu casa y yo no debería... imponer mi presencia durante más tiempo.

–¿Acaso piensas que lamento cuidar de ti?

–Sé que no...

Aquel sentimiento tan aterrador volvió de nuevo, adueñándose de ella. Aleksei extendió una mano y le tocó el rostro.

–¿Quién se ocupó de ti, Maddy?

–Mi hermano. Se portó muy bien conmigo.

–Deja que yo cuide de ti. Por el momento, deja que te cuide.

Maddy se sintió incapaz de resistirse a sus palabras. No se podía oponer a la marea que se había levantado dentro de ella. Se inclinó hacia delante y le dio un beso. Besar era bueno, un gesto sin complicaciones. Mucho más sencillo de asimilar que el hecho de que Aleksei la tratara tan amablemente. Mucho más sencillo de asimilar que el revuelo de sentimientos que latían dentro de ella y la mareaban con su fuerza.

No podía seguir ignorándolos eternamente, pero lo haría por el momento.

Cuando Maddy se despertó, vio que estaba completamente desnuda en la cama de Aleksei. El sol entraba a raudales por la ventana. Miró el despertador y vio que eran las siete de la tarde. Había estado durmiendo la mayor parte de la tarde, después de que hicieran el amor.

Él había sido tan amable con ella, tan cuidadoso con sus pequeñas lesiones... Había tenido mucho cuidado de no hacerle daño. Ella contuvo el aliento y trató de aliviar la tensión que sentía en el pecho.

La puerta del dormitorio se abrió y Aleksei entró. Venía del cuarto de baño adjunto con una toalla enrollada alrededor de las caderas. Durante un minuto, lo único que pudo hacer fue admirarlo. ¿Cómo podía haber tenido tanta suerte de que él fuera su amante? Era tan guapo...

Torso amplio y muy bronceado, potentes músculos... Sin embargo, era mucho más que belleza. Era un buen jefe, un astuto hombre de negocios... Era la clase de hombre capaz de ponerse de rodillas para limpiarte las heridas.

Contuvo el aliento.

–¿Te sientes mejor? –le preguntó él mientras se sentaba al borde de la cama.

–Nunca me sentí mal. Te preocupabas por nada.

–No quiero verte sufrir, Maddy.

Aquellas palabras sonaron más como una advertencia que como otra cosa. Y no una advertencia sobre futuros raspones en las rodillas.

–Aleksei, sé lo que es esto. Yo fui quien lo instigó. Ni siquiera creo en el amor.

–¿En absoluto?

–No. La gente te hace quererlos y luego lo utilizan en tu contra. No te cuidan, y a pesar de todo recuerdas que son tus padres, así que tienes que amarlos aunque se les vuelva a olvidar recogerte del colegio.

–Tus padres no se merecen que se les llame seres humanos.

–No voy a discutir contigo sobre eso.

–Yo sí creo en el amor –afirmó él.

Maddy sintió una extraña sensación en el estómago. El corazón comenzó a latirle alocadamente. Cada fibra de su ser estaba pendiente de las próximas palabras de Aleksei. No había razón para ello. No había razón para contener el aliento por tener que escuchar lo que él iba a decir a continuación. Sin embargo, así era.

–Yo amaba a mi esposa –prosiguió él por fin–. Desde el momento en el que la conocí. Yo tenía dieciocho años y ella solo dieciséis. Ella se convirtió en mi mundo. Durante nueve años, ella fue mi mundo. La amaba tanto que perderla estuvo a punto de acabar conmigo. Sé que el amor es real porque he saboreado su pérdida. Sé lo que es que respirar sea un dolor físico, que resulte más difícil vivir que rendirse. Ese es el poder del amor, Maddy.

A ella le dolía el estómago. Le dolía tanto oírle decir aquellas palabras, saber lo mucho que él había sufrido.

—El poder del amor parece peligroso —susurró ella.

—No pienso volver a pasar por ello...

—Tal vez el amor sea real, pero parece que siempre hace daño.

—A mí ya no, Maddy. Jamás me dejo sentir lo suficiente como para que me duela.

Maddy asintió lentamente.

—Lo comprendo. Yo he vivido así la mayor parte de mi vida. La única vez que lo intenté... no terminó bien.

—Yo nunca te amaré, pero tampoco te mentiré.

El dolor que Maddy sintió en el pecho fue tan agudo, tan real, que la dejó sin palabras. Decidió ignorarlo.

—Eso es lo único que te he pedido, Aleksei. Lo único que he querido siempre ha sido tu sinceridad.

Y la tenía. Ni siquiera en aquellos momentos, con Maddy desnuda en su cama, podía Aleksei pensar en la posibilidad de amarla. Era lo que ella quería. Lo que ella necesitaba.

Era.

—Eso lo tienes. Te lo prometo.

Maddy pensó en el collar que Aleksei siempre llevaba consigo. El collar que nunca había terminado.

—Tu esposa debió de ser una mujer realmente maravillosa.

—Paulina me conoció antes de que yo tuviera dinero. Ella me apoyó mientras yo luchaba por alcanzar mis sueños. Cuando murió... estaba a punto de conseguirlo, pero ella nunca me vio triunfar. Durante los años que vivimos juntos, no teníamos casi nada. Vivíamos en una pequeña casa.

–Con malas hierbas.

–Sí –susurró él con la voz quebrada.

A Maddy le daba la sensación de que, si Aleksei pudiera cambiar todo su imperio por aquella casita, lo haría. Él tenía razón. El amor existía. Y él lo había disfrutado. ¿Qué podía ofrecerle ella después de esa clase de amor? Ella que fue la niña a la que ni sus padres pudieron amar.

Ya no importaba. Él tenía razón. El amor existía. Y suponía un dolor por el que Maddy no estaba dispuesta a pasar.

–Creo que debería marcharme a casa –dijo mientras se levantaba de la cama.

–¿Quieres que te lleve?

A Maddy le dolió que él no le pidiera que se quedara.

–No. Tengo mi coche.

–Hasta el lunes entonces.

–¿Seguirás aquí?

Eso fue lo único que le pudo preguntar, pero no lo único que le habría gustado. ¿Habían terminado ya? ¿Se había acabado lo suyo?

–No voy a regresar a Rusia hasta que termine mi trabajo aquí.

Maddy odiaba que estuvieran hablando en clave. Aunque ella jamás le había prometido la misma sinceridad que él le prometió a ella, se la había entregado. Sin embargo, en aquellos momentos ella sentía que le estaba ocultando algo. Le daba la sensación de que era lo mismo que se estaba tratando de ocultar a sí misma.

–Yo...

No pudo hablar. Recogió su ropa consciente de que
él la estaba mirando. Normalmente, no se sentía desnuda delante de él cuando estaba sin ropa. En aquellos
momentos, sí se sintió así.

Se vistió rápidamente. No se metió en el cuarto de
baño aunque una parte de su ser así lo hubiera deseado.
Habría sido una tontería. Evidentemente, Aleksei no
notaba el cambio que se había producido en ella. Él seguía tumbado en la cama con su toalla. Maddy no estaba dispuesta a mostrarle lo confusa que estaba ni
cómo, de repente, todo le parecía diferente.

—Hasta el lunes —le dijo suavemente.

Aleksei no respondió.

Capítulo 11

EL LUNES por la mañana, cuando llegó a su trabajo, Maddy no estaba segura de qué esperar por parte de Aleksei. ¿Se mostraría frío y distante, tal y como había estado cuando ella se marchó de su casa dos días antes o sería el hombre que le había curado cuidadosamente la rodilla?

Tal vez todos aquellos hombres eran facetas de su forma de ser. Cuando ella le habló del pasado, Aleksei pareció preocupado por lo que ella le contaba. Sin embargo, en otros momentos, parecía completamente carente de sentimiento.

Abrió la puerta de su despacho y extendió la taza de café.

—Vengo en son de paz —dijo. Entró en el despacho y dejó la taza sobre el escritorio.

—No tomo café.

—Vaya, lo siento... —replicó ella. Lo sabía: Él se lo había contado.

—Gracias de todos modos.

—¿Por traerte una bebida que ni siquiera te gusta?

—Por haber pensado en ello. ¿Cómo van los preparativos de la exposición de París?

—Bien, ahora que gracias a ti ya nos hemos ocupado del problema de las fechas. Además, tengo pensada la distribución y hemos comprado los elementos decorativos.

—¿Y cómo estás tú?

–Bien. No creo que me tengan que amputar la pierna ni nada por el estilo –bromeó.

–No me refería a eso... No me porté bien contigo el sábado por la noche.

–No pasa nada. Nos pusimos algo... intensos. Está bien. Creo que sabemos que estamos en la misma onda, pero tal vez necesitemos mantener las cosas en un ambiente más ligero.

–Tal vez...

–Yo... ¿Quieres venir a mi casa esta noche? No sé cocinar, pero tengo un listado de restaurantes muy buenos que llevan comida a domicilio. Y se me da muy bien marcar.

–Está bien. Iré después de trabajar.

–De acuerdo.

Maddy aún sentía una extraña distancia entre ellos, como si les faltara algo. Ella no tenía ni idea de qué se trataba.

–¿Puedes mostrarme los planos del diseño para París?

Maddy parpadeó y trató de regresar a la realidad y de centrarse en las tareas que tenía entre manos.

–Claro. Lo tengo todo aquí –afirmó. Se sacó la tableta del bolso. Recorrió las pantallas rápidamente y sacó el diseño que había hecho del evento–. Quería darle un cierto aire retro, pero lujoso al mismo tiempo. Los colores serán negro, blanco y rosa. Creo que las joyas de colores destacarán especialmente. Es un evento completamente diferente al de Luxemburgo. Líneas limpias, muy chic...

–¿Y qué es lo que tienes aquí? –le preguntó Aleksei mientras señalaba una zona sombreada del plano.

–Ah, es el escenario. He contratado una orquesta de swing.

–¿Una orquesta de swing?

–Sí, va a ser muy divertido. De eso se trata precisamente. De divertirse.

Maddy se sentó para seguir hablando de listas de invitados, seguridad y todo lo referente a la fiesta. Mientras hablaba, observaba la boca de Aleksei. Ciertamente, él tenía una boca maravillosa.

Se aclaró la garganta y volvió a centrar su atención en las notas. Tenía que mantener el sexo separado del trabajo.

–Pareces cansada –comentó Aleksei–. ¿Duermes lo suficiente?

Ella pensó en la noche del viernes, que pasó en la cama de Aleksei y luego en las dos noches de insomnio que vinieron después. Las noches en las que había echado de menos su cuerpo y sus caricias.

–Estoy dispuesta a afirmar que no.

Aleksei se puso de pie y se colocó junto a ella tras rodear el escritorio. Le colocó las manos en los hombros y comenzó a darle un masaje metódica y sensualmente.

–También estás muy tensa.

–Sí... Sin embargo, si yo te diera un masaje, ¿crees que tus músculos estarían relajados?

–En absoluto –afirmó él mientras trataba de deshacer los nudos y las tensiones que la atenazaban–. Tal vez deberías tomarte unas vacaciones después de este evento.

Maddy sintió que el corazón iba a explotarle en el pecho. Aleksei le hablaba tan tiernamente y se mostraba tan considerado con ella... Por supuesto, no sabía que era el responsable de tanta tensión. Su aventura con Aleksei se estaba convirtiendo en una fuente de ansiedad para ella. Lo echaba terriblemente de menos cuando no estaban juntos. Sus sentimientos estaban muy confusos.

Él le había ofrecido sexo y sinceridad y ella lo había

aceptado. Se había convencido de que era lo único que quería de él.

No era así. Maddy deseaba más.

Podría haber soltado una carcajada. Se había creído enamorada de un hombre que jamás había hecho nada más que mentirle y manipularla. Se había enamorado de él porque tenía mucha facilidad de palabra y no había dudado en utilizarla para conseguir exactamente lo que quería.

Sin embargo, Aleksei no era así. De hecho, tampoco sentía aquellas palabras, al menos no por ella. Ni siquiera tenía una esperanza a la que aferrarse.

Desgraciadamente, eso no le había impedido enamorarse de él.

De repente, se sintió mareada. Estaba enamorada de él. ¡Y tan solo unos días antes ella le había dicho que no creía en el amor! Hasta hacía poco tiempo, ni siquiera creía que el amor existiera.

Se levantó de su asiento y se alejó de él. Observó su hermoso rostro, tan familiar y ya tan esencial en su vida... y sintió que el corazón se le encogía.

¿Cómo había podido ocurrir algo así?

¿Qué haría ella cuando ya no lo tuviera a su lado? Aquella relación era temporal y el hecho de que sus sentimientos hubieran cambiado no alteraba nada. Aleksei había sido perfectamente sincero con ella desde el principio. No estaba buscando nada permanente ni compromiso ni nada que se le pareciera. Por eso, decidió que lo único que podía hacer era mirarlo, memorizar sus rasgos... Al mismo tiempo quería salir huyendo. Olvidarse de él. Olvidarse de que lo amaba.

–Yo... tengo que regresar a mi trabajo. Te veré esta noche –le dijo, tras mirarla con una cierta confusión en la expresión.

–En realidad, no puedo quedar esta noche, Aleksei. Tengo que... trabajar.

No podía verlo aquella noche. No podía. Tenía que procesar todo lo ocurrido y comprender lo que significaba. Necesitaba distancia incluso más que respirar.

Se marchó del despacho de Aleksei y regresó al suyo. Cerró la puerta y echó la llave antes de dirigirse a su escritorio y desmoronarse sobre su silla.

Solo entonces se dio cuenta de lo que estaba haciendo.

Estaba huyendo. Siempre estaba huyendo. Había huido de sus padres, algo comprensible, pero jamás se había enfrentado a sus demonios. Había huido de los titulares de la prensa cuando su relación con William se hizo pública. Y en aquellos momentos, huía de lo que sentía.

¿Cuánto tendría que correr hasta que hubiera dejado a todos y a todo lo que significaba algo para ella atrás? ¿Hasta que se desmoronara de agotamiento?

Decidió que había llegado el momento de dejar de correr.

Aquella vez, no la llamaría. Por mucho que su cuerpo la añorara, no cedería en aquella ocasión. Ella le había dicho que quería una relación estrictamente sexual y eso significaba que él no iba a caer presa de aquella manipulación femenina.

Otras amantes del pasado, como Olivia, lo habían intentado. Ya no formaban parte de su vida. En el mismo instante que se le ocurrió aquel pensamiento, lo rechazó. Jamás había considerado a Maddy su amante. Tenían una relación física, en la que se habían especificado claramente los términos. No obstante, entre lo ocurrido en el escritorio la primera vez y la noche que ella compartió sus más oscuros secretos, algo había cambiado.

Su teléfono móvil comenzó a sonar.

—¿Sí?

—Aleksei...

Al escuchar la voz de Maddy, sintió una oleada de deseo y de algo infinitamente más poderoso.

—¿De qué se trata? ¿Problemas con París?

—No. Todo va bien. Bueno, al menos en lo referente al trabajo. ¿Me podrías dejar subir? Estoy enfrente de tu casa.

Aleksei se levantó del sofá y fue a la puerta principal para apretar el botón que le daba acceso a la puerta principal.

—Pensaba que estabas ocupada —le dijo en cuanto la vio.

—Sí, bueno... —susurró con una ligera sonrisa—. Decidí que tenía que verte.

Segundos más tarde, Maddy llamó a la puerta del apartamento. Él abrió y la vio, vestida con un chándal y más hermosa de lo que ninguna mujer tenía derecho a ser.

—Tenía que verte —dijo—. No podía permanecer alejada de ti —añadió. Dio un paso al frente y le tocó el rostro suavemente con las manos. Tenía los ojos llenos de lágrimas—. Aleksei...

Se inclinó sobre él para besarlo. Le deslizó la lengua sobre los labios y luego hacia el interior de la boca. Los suaves y rápidos movimientos caldearon la sangre de Aleksei y le aceleraron los latidos del corazón.

Las manos de Maddy recorrieron el rostro, el torso y el vientre. Aquel ligero contacto fue suficiente para despertar en él el deseo. Aleksei no recordaba haber experimentado tanta necesidad en su interior. Necesidad del cuerpo de Maddy. Necesidad de ella. Una necesidad que parecía ir más allá de las palabras. Contuvo el aliento cuando los ágiles dedos le rozaron la erección, que aún estaba cubierta por las capas de ropa.

Maddy levantó la mirada mientras le acariciaba y le miró a los ojos. Su expresión era muy intensa. Le estaba haciendo el amor. Aleksei lo comprendió de repente. Las sensaciones se apoderaron de él y se vio incapaz de nada para detenerlo.

—No —gruñó, sin darse cuenta de que lo había dicho en voz alta hasta que vio la reacción en ella.

—¿Qué?

—Demasiado lento...

Aleksei le agarró ambas manos con una de las suyas y comenzó a besarla apasionadamente. Sus besos no fueron tiernos, sino fieros e intensos. Vertió en ellos cada gramo de frustración que sentía en aquellos momentos.

Cuando se apartó de ella, los ojos de Maddy estaban abiertos de par en par. Tenía los labios hinchados y un vivo rubor en las mejillas. Le tocó los labios y deslizó el pulgar suavemente por la enrojecida piel antes de volver a besarla.

Ella no protestó. Le devolvió el beso. La energía que emanaba de ella era eléctrica y recorría el cuerpo de Aleksei, desafiándolo.

—A la cama... —susurró él.

—Mmm...

Aleksei la tomó en brazos y la llevó hasta su dormitorio. Allí, la dejó sobre el suelo y le quitó la camiseta y el sujetador con idéntica velocidad. Mientras ella se terminaba de desnudar, se ocupó de su propia ropa.

Entonces, ella volvió a estar entre sus brazos, suave y gloriosamente desnuda. Él le cubrió el trasero con una mano. Un fuerte sentimiento de posesión se apoderó de él y le aceleró el pulso haciendo que él vibrara con una necesidad tan fuerte que sobrepasaba lo sexual.

No. Era solo sexo. Sexo muy bueno. Solo sexo.

Le rodeó la cintura con un brazo y la obligó a tumbarse en la cama. Necesitaba demostrarlo. Necesitaba borrar los sentimientos. La satisfacción sexual le recordaría que aquello era tan solo algo físico.

Se metió uno de los erectos pezones en la boca y vibró el escuchar el sonido puramente sexual que emanó de los labios de Maddy. Ella se arqueó debajo de él al sentir cómo él le tocaba en la entrepierna y descubría lo húmeda que estaba para él.

Aleksei la acarició haciendo escapar otro gemido de necesidad de su cuerpo. Ella se arqueó de nuevo para facilitarle el acceso. Además de estimularle el pequeño centro de su feminidad, le introdujo un dedo.

Ella le colocó inmediatamente las manos sobre la espalda y le clavó las uñas. Aleksei miró su rostro. Tenía la piel sonrojada, los ojos cerrados, los labios separados. Verla tan concentrada en su propio placer, en el placer que él la estaba proporcionando fue como una patada física en el estómago. Nunca había visto una imagen más hermosa que Maddy perdida en las brumas de tal abandono.

La había poseído en su cama en varias ocasiones, pero jamás la había visto así. Atrapada en la experiencia, con todas las barreras retiradas. Sintió que se le hacía un nudo en el estómago.

Maddy abrió los ojos. Su expresión era tan confiada, tan llena de cariño... Sintió que se le hacía un nudo en la garganta. Su cuerpo pedía a gritos el orgasmo mientras que su corazón estaba a punto de saltársele del pecho.

Subió por el cuerpo de Maddy para capturarle los labios. Se colocó entre las piernas y tocó con la punta de su erección la húmeda feminidad. El deseo se apoderó de él al sentirla tan preparada, un deseo lo suficientemente fuerte como para hacer desaparecer todo lo demás.

Sí. Aquello era precisamente lo que necesitaba. Solo sexo. Nada más.

La penetró. Ella lanzó un gemido de éxtasis que él atrapó entre sus labios. La besó sin dejar de moverse dentro de ella. Maddy le acariciaba la espalda y el trasero. Enganchó las piernas a las de él y comenzó a moverse también. Los pezones se le frotaban a Aleksei contra el fuerte torso.

Ella era perfecta. Sorprendente. No pudo evitar decírselo. Las palabras se le escaparon de los labios a medida que el placer fue alcanzando sus cotas más altas. Trató de alcanzar el olvido total que un orgasmo podía proporcionarle.

Lo que fuera. Cualquier cosa que lograra apagar el sentimiento que parecía estar formándosele en el pecho. La sangre le rugía en los oídos a medida que iba acercándose al clímax, ahogándolo todo menos el placer que se estaba adueñando de él.

Un fuerte gruñido se le escapó de los labios cuando se vertió en ella. Sintió que el cuerpo de Madeline también se convulsionaba debajo de él para alcanzar su propio orgasmo. Aleksei se alegró de que ella también hubiera encontrado satisfacción porque había estado demasiado centrado en la suya como para prestarle a ella la atención debida.

Ella le rodeó el cuello con los brazos y le dio un suave beso en la mejilla. Aleksei la miró y se permitió ver de verdad la emoción que brillaba en los ojos de ella. Lo que quedaba del muro defensivo que protegía su corazón se derrumbó en aquel instante. Se sentía expuesto, en evidencia. Estaba sintiendo.

–Aleksei –susurró ella mientras le acariciaba suavemente el rostro y le besaba lenta y dulcemente.

Él se apartó de su lado y se sentó sobre la cama. Entonces, se volvió para mirarla. Vio que ella lo observaba con total confianza. No quería que Maddy lo mirara así. No quería ver nada más que lujuria en aquellos hermosos ojos azules.

Maddy se sentó también y le rodeó la cintura con los brazos. Entonces, apoyó la cabeza sobre su hombro. Él apretó la mandíbula y permaneció inmóvil mientras Maddy le acariciaba el torso.

Aleksei se apartó de ella y se levantó de la cama.

—Necesito una ducha.

Maddy estaba todavía sentada en la cama. Sabía que no estaba invitada a la ducha de Aleksei. El seco sonido que hizo la puerta del cuarto de baño al cerrarse lo confirmó.

Se tumbó de nuevo sobre la cama. Pensó en recoger su ropa y marcharse a su casa. Eso era lo que debería haber hecho... el día anterior. Debería haber huido de la tensión entre ellos. Sin embargo, no iba a hacerlo en aquel momento. El día anterior había dado por sentado que su relación con Aleksei sería temporal, pero eso no significaba que no pudiera intentar cambiarlo.

Le asustaba pensar en dejar al descubierto sus sentimientos, pensar en intentar cambiar la situación y hacer que se convirtiera en algo duradero. Sin embargo, al menos, ocurriera lo que ocurriera, Aleksei se merecía su amor. Merecía el riesgo. Los dos se lo merecían. No obstante, no estaba segura de que el riesgo ofreciera alguna posibilidad.

Cuando Aleksei salió del cuarto de baño, se dirigió hacia la cama y se tumbó a su lado. Maddy sintió un fuerte dolor en el corazón. Lo amaba. Lo amaba tanto...

Él no la estrechó entre sus brazos tal y como ella deseaba que hiciera. Al menos, estaba a su lado.

Aquella noche, no trataría de cambiar la situación

con ninguna declaración. Aquella noche, se limitaría a disfrutar de su compañía. La del hombre que amaba. La del hombre que le había enseñado a amar.

Aleksei se despertó tarde, lo que resultaba muy inusual en él. Siempre se levantaba a las seis después de una noche de poco descanso. Sin embargo, la noche anterior, por primera vez en seis años, había dormido muy bien acunado por la respiración de Maddy, por el calor de su cuerpo y por su aroma. Sin pesadillas ni fantasmas.

Se levantó y se dirigió a la cocina, donde fue recibido por una imagen de surrealista domesticidad.

Maddy estaba en la cocina preparando el desayuno. Llevaba puesta la camisa de Aleksei. Cuando ella se volvió para mirarle con la misma mirada de sinceridad en el rostro que la noche anterior, Aleksei sintió una extraña sensación en el pecho.

—Buenos días —dijo ella.

—¿Sabes cocinar?

—Bueno, como todos los días... Tendré que perdonarte que no tengas café dado que no lo tomas. Puesto que no tienes mesa de comedor, desayunaremos aquí en la mesita del salón.

Cuando se sentaron por fin, Maddy se dedicó a empujar su comida en el plato en vez de comerla. Se sentía disgustada con él. Aleksei jamás le había prometido nada fuera del dormitorio, pero... En realidad, si ella se había olvidado de lo que habían hablado, no había más culpable que ella misma.

—Ah. Se me ha olvidado que te estaba preparando té.

—No tienes que prepararme el té, Maddy.

—No importa...

—Tú no eres mi esposa, Madeline.

Ella se quedó inmóvil. Entonces, se giró muy lentamente para mirar a Aleksei.

—Lo sé. Te he preparado el desayuno. Nada más. No estoy tratando de ser tu esposa.

—Bien, porque no tengo intención alguna de que lo seas algún día. Ni siquiera de convertirte en la mujer de mi vida.

Maddy se giró de nuevo, pero no antes de que él viera en sus ojos el daño que le había hecho. Apretó los dientes tratando de recuperar el control. Era un experto controlando sus sentimientos. Había perdido el dominio de sí mismo en una ocasión y se había jurado que no volvería a hacerlo.

Madeline tenía algo que... Recordó que la noche anterior ni siquiera había utilizado preservativo. Eso jamás le había ocurrido antes. La anticoncepción era una parte esencial del sexo para él. ¿Quién podía divertirse corriendo el riesgo de un embarazo o de contraer una enfermedad sexual? Sin embargo, la noche anterior se había olvidado por completo. No se había dado cuenta hasta que estuvo en la ducha, pero no le había dicho nada a Maddy para no preocuparla.

Oyó que Maddy se acercaba con su taza de té.

—Sé que no soy tu esposa, Aleksei. Ni siquiera quiero el puesto porque sé que no estás preparado para eso y no me importa. Sin embargo, sí que siento algo por ti y, si quiero demostrártelo, no creo que debieras sentirte amenazado por ello.

Aleksei se puso de pie.

—Yo jamás te he pedido que sintieras algo por mí ni que me prepararas el desayuno. Se suponía que lo nuestro era tan solo una aventura sexual.

—Sé perfectamente lo que se suponía que era. Yo fui la que puso las condiciones, ¿no? Pero... tengo que reconocer que no lo esperaba, pero... tú me has curado, Aleksei. Sentía tanta ira por lo que ocurrió en mi pasado, principalmente dirigida a mí misma que me resultaba imposible seguir con mi vida. Seguía siendo la niña a la que nadie quería, la pecadora que tuvo una aventura con un hombre casado. Esa era yo. Tal vez ya no para el resto de la gente, pero sí para mí. Y tú lo cambiaste.

–No. Yo no he cambiado nada, Maddy.

Él solo era otra persona que la había utilizado. Otra persona que le haría daño si no terminaba inmediatamente lo que había entre ellos.

–Claro que sí –replicó ella–. Eres el último hombre de la tierra del que debería haberme enamorado, pero lo hice. Estoy enamorada de ti. Te quiero. Tú me mostraste que el amor es algo real. Que no era un arma que la gente utilizaba contra los demás porque ni siquiera ahora lo utilizarás contra mí. Sé que no lo harás.

–No me merezco tu confianza. Ni tu amor.

Maddy lo miró y se mordió el labio inferior.

–Sé que no vas a ponerte de rodillas para declararte, Aleksei. No lo espero. Sin embargo, eso no significa que no podamos estar juntos por el momento.

–Creo que no lo comprendes. No necesito tu amor. No lo quiero.

–Aleksei...

–Basta ya, Maddy. Lo único que yo te puedo dar es una aventura sexual. Nada más. Jamás te daré más. No puedo. Tengo amantes durante un tiempo, pero en realidad no me importa quiénes sean mientras estén disponibles.

Aleksei vio cómo la luz de los ojos azules de Maddy se apagaba. Decidió que, si no conseguía que se marchara de su casa, solo conseguiría hacerle más año. ¿Qué podía ofrecer un hombre emocionalmente tarado como él a una mujer que había sufrido tanto en el amor como Madeline? No podría darle nada más que sus propias carencias. Su propio dolor.

—Jamás me importó quién fuera la mujer mientras que el sexo fuera bueno.

Maddy dio un paso atrás como si él la hubiera abofeteado. Aleksei tuvo que utilizar toda su fuerza de voluntad para no acercarse a ella. Para no reconfortarla y besarla. No tenía derecho alguno a exigir el amor de una mujer como Madeline cuando no podía ofrecerle a cambio nada de valor. Sin embargo, quería hacerlo más que nada en el mundo.

Maddy parpadeó, pero él sabía que no se desmoronaría. Era demasiado fuerte y demasiado testaruda.

—Tienes razón, Aleksei. Me estoy conformando con muy poco. Yo me merezco que me amen, no ser la única que entrega amor. Eso es lo que he hecho toda la vida. La única persona que me correspondió fue mi hermano. El resto aceptaba lo que yo ofrecía y lo utilizaba en mi contra. Siempre pensé que yo tenía algo malo. Jamás pensé que me mereciera más. Ahora sí lo pienso. La ironía de todo esto es que me lo has enseñado tú. Me has mostrado que merezco más de lo que pensaba, que yo era más importante que mis errores. Siempre te estaré agradecida por ello, pero no por esto.

Con eso, dejó la taza en la mesa y se dio la vuelta para regresar al dormitorio.

—Esto me duele y creo que los dos nos estamos conformando con poco. Creo que podría haber habido algo muy hermoso entre nosotros, pero que tú has tenido miedo de aceptarlo.

—No, Maddy. No hay nada.

Le había prometido sinceridad eterna y acababa de romper su promesa. Ella agachó la cabeza y siguió andando. Minutos más tarde, cuando salió del dormitorio, ya estaba vestida con su ropa. Aleksei estaba de pie esperándola.

–¿Vas a seguir trabajando en la exposición de París o voy a tener que contratar a otra persona?

–No creo que sea justo que yo pierda mi amante y mi trabajo el mismo día –replicó ella–. Soy buena en mi trabajo. La mejor, ¿recuerdas?

–Podrás seguir trabajando para mí mientras tú quieras, Madeline.

–Bien –replicó ella con tristeza–. Al menos me quedo con el premio de consolación. Adiós, Aleksei.

–Adiós, Maddy.

Al llegar a la puerta, Madeline se detuvo, pero sin darse la vuelta.

–¿Sabes una cosa, Aleksei? Ayer me di cuenta de una cosa. He estado viviendo la vida con miedo. Dejé que el miedo controlara lo que hacía. Ya no pienso vivir así. El amor ha erradicado el miedo de mi vida. Espero que, algún día, haya una mujer que pueda hacer lo mismo por ti. Sé que amaste a tu esposa y que nunca dejarás de hacerlo, pero espero que algún día te desvincules del pasado para que puedas seguir con tu vida.

Con eso, abrió la puerta y se marchó. Maddy se había marchado. Aleksei había hecho lo que tenía que hacer.

Esperó que todos los años en los que no había sentido nada vinieran a rescatarlo del dolor que sentía en la cabeza y en el corazón. Sin embargo, no hubo alivio alguno. Tan solo un regusto amargo y una agonía que no podía hacer desaparecer.

Capítulo 12

ALEKSEI miró la botella de whisky que tenía encima de la mesa. Llevaba cinco años sin probarlo, pero estaba a punto de volver a hacerlo.

No se podía mentir y fingir que no sentía nada por Maddy. La agonía de perderla resultaba tan dolorosa como si ella hubiera fallecido. Por suerte, no había sido así. Al menos ella tenía la posibilidad de ser feliz.

Como Maddy se había marchado de su vida, las noches de insomnio habían regresado. Casi no había podido dormir desde que ella se fue.

Agarró el trozo de collar que tenía sobre la mesa de café y deslizó los dedos por la delicada cadena. Para él, siempre había representado la vida de su esposa. Hermosa, pero demasiado corta. Incompleta. En ese momento, se dio cuenta de que también representaba la suya. Con la muerte de su esposa, su vida personal había terminado. Había creído que alejando a Maddy de su lado la protegía. En realidad, había estado protegiéndose a sí mismo porque era un cobarde.

En el pasado, había amado a Paulina. Con su muerte, la había sustituido por otras que podían llenar el vacío temporalmente. Tenía más fama y dinero del que podría gastar, pero, sin embargo, no tenía nada. Todo carecía de significado. No tenía nada de valor.

Volvió a mirar el collar y vio el rostro de Madeline. Ella había despertado en él sentimientos que llevaban mucho tiempo dormidos, sentimientos más profundos de lo que hubiera experimentado nunca. Maddy era la dueña de su corazón. Si iba ser el hombre de su vida, tendría que desprenderse del miedo. Estar dispuesto a seguir con su vida.

Agarró con fuerza el collar y guardó la botella de whisky.

Todo iba a la perfección en la exposición. Maddy observaba el salón de baile desde una galería. Sonrió al ver bailar a las parejas y recordó con tristeza la noche que ella bailó con Aleksei. Parecía que había pasado una eternidad desde entonces... Desgraciadamente, el dolor de la separación seguía siendo igual de fuerte.

Él había regresado a Moscú al día siguiente, como era de esperar. Además, eso era precisamente lo que había dicho que haría. Se marcharía de Milán cuando hubiera terminado con su trabajo allí. Era mejor así. De ese modo los dos podrían cerrar un capítulo. Ella necesitaba hacerlo para tratar de aceptarlo y seguir con su vida.

Sin embargo, no quería hacerlo. Amar a Aleksei era lo más liberador y aterrador que había hecho nunca. No quería dejar de hacerlo. Menos mal, dado que no estaba segura de que pudiera.

Vio que Aleksei entraba en el salón de baile, ataviado con un impresionante traje negro. Ella ardió de deseo al verlo. Aleksei miró a su alrededor y ella deseó poder estar a su lado. Sabía bien que a él no le gustaban demasiado aquel tipo de eventos.

Entonces, él levantó los ojos hacia la galería y supo exactamente dónde encontrarla. A continuación, y sin dejar de mirarla, Aleksei se dirigió hacia la escalera y comenzó a subir. Maddy tan solo podía mirar cómo se acercaba. No sabía si correr hacia él o salir huyendo.

A medida que se fue acercando, ella notó que Aleksei no llevaba corbata. Tenía la camisa abierta. Parecía más delgado y portaba profundas ojeras en el rostro.

–Maddy...

–Hola.

–¿Puedo hablar contigo?

–Tú eres el jefe. ¿Desde cuándo pides permiso?

–Desde que me he dado cuenta de lo malo que soy en ocasiones tomando decisiones.

Se acercó a ella y le tomó una mano entre las suyas. Entonces, se la llevó a los labios para besarle la punta de los dedos. Cuando él bajó las manos, Maddy notó que tenía una marca más clara en la piel.

–¿Qué te ha pasado?

–Me he quemado. Un descuido con un metal que estaba trabajando.

–Deberías tener más cuidado.

–Te prometo que lo tendré.

Aleksei no le soltó la mano. Tiró de ella y la condujo hacia un balcón exterior desde el que se dominaba el jardín. Hacía frío, pero a Maddy no le importó.

–Regresé a Moscú para tratar de huir de ti y de mis sentimientos. Me avergüenza reconocerlo, pero tienes razón. Tenía miedo. Estaba viviendo en el pasado, pero no del modo que tú crees. Cuando pensaba en el amor, solo era capaz de ver el dolor. Tenía miedo de recordar lo bueno. Entonces, apareciste tú. Te deseaba a ti. No solo buscaba el sexo con una anónima desconocida. Tú me hiciste sentir, pero no había experimentado los sentimientos desde hacía tanto tiempo que no los reconocí. Me convencí de que no podía ser el hombre para ti para poder ocultar el hecho de que era el miedo lo que me contenía. No sabía que podía ser el hombre para ti, pero decidí que tenía que hacerlo porque no puedo vivir sin ti, Maddy.

Se sacó un pequeño estuche del bolsillo de la chaqueta.

–¿Qué es esto? –le preguntó Maddy. El corazón le había dado un vuelco.

Aleksei la abrió y ella pudo acariciar suavemente las delicadas joyas.

–Esto es mi pasado –dijo señalando el trozo de collar que había hecho para su esposa.

–¿Y el resto? –preguntó ella con la voz quebrada.

El resto del collar estaba hecho del mismo estilo, pero las flores eran mayores, más abiertas y caían en cascada hacia el centro.

–Tenía una visión para mi vida y cuando esa visión cambió yo sencillamente dejé de vivir. Este collar no fue diseñado así en un principio. Mi pasado siempre me acompañará. Siempre amaré a Paulina, pero tú tienes ahora mi corazón, Maddy. Me has ayudado a recordar la belleza del amor. Me has hecho sentir de nuevo... Espero no haber matado el amor que tú sentías por mí.

Ella dio un paso al frente y le rodeó el cuello con los brazos.

–No, Aleksei. No lo has matado. No creo que sea posible...

–No sabes lo feliz que me haces, Maddy –susurró él aliviado–. Te amo. Tú eres mi futuro, mi esperanza. Te amo.

Aleksei sacó el collar del estuche y se lo puso a Maddy. Ella sintió que una lágrima le caía por la mejilla. Él se la secó y, entonces, la miró muy serio.

–Siento mucho haberte prometido sinceridad eterna y haberte mentido. No te dije la verdad cuando afirmé que no te quería a ti ni a tu amor. Me hizo mucho daño, pero tenía que convertirme en un hombre que fuera merecedor de ti. Tenía que desprenderme del pasado. Te amo, Maddy, más de lo que nunca creí posible amar a nadie. Eres esencial para mí. Hasta ahora me faltaba una parte y, por fin, ya estoy completo. Gracias por hacer que mi futuro sea más hermoso de lo que nunca creí posible.

—Yo también te doy las gracias.

—Bueno, ¿te gusta el collar?

—Por supuesto.

—Si lo quieres, tengo una pieza más a juego...

—Aleksei...

Él se sacó otro estuche del bolsillo y le mostró un anillo con piedras preciosas de colores que rodeaban un diamante de talla esmeralda engarzado en platino.

—Si te casas conmigo, me compensarás por la quemadura que me hice haciéndolo.

—Sí, claro que me casaré contigo –dijo. Entonces, Aleksei se lo puso en el dedo. Encajaba perfectamente en todos los sentidos.

—Cuando me refería al futuro. Lo decía en serio. No hay garantías en la vida, Maddy, pero te prometo mi amor eterno.

—En ese caso, no necesito ninguna otra garantía.

Epílogo

¿SABES lo feliz que me hace verte con una sonrisa en el rostro?

Maddy miró a su hermano y le apretó el brazo.

–Gracias, Gage. Significa mucho para mí que seas tú quien me lleve al altar. Me cuidaste cuando nadie más quería hacerlo. No sé si te he dicho alguna vez lo mucho que eso significó para mí.

–Nunca fue un sacrificio, Maddy. Lo haría de nuevo porque te quiero.

–Yo también te quiero.

Maddy sonrió y miró para ver si veía a Aleksei colina abajo. La boda se iba a celebrar en los jardines del castillo de Luxemburgo. Pasarían su noche de bodas en la suite que tanto le había gustado a Maddy.

La boda se iba a celebrar en un entorno de ensueño, pero eso en realidad no importaba. Lo único importante era el novio y lo mucho que ella lo amaba.

La música dejó de sonar. Maddy supo que estaba a punto de empezar la Marcha Nupcial. Se alisó la falda del vestido y agarró con fuerza su ramo de novia.

–¿Lista? –le preguntó Gage.

–Por supuesto.

Mientras bajaban por la verde colina hasta el altar, Maddy vio por fin a Aleksei. Él sonrió al verla. En sus ojos, Maddy vio el futuro. Una vida plena llena de interminables posibilidades. Una familia. Hijos. Amor.

Tanto amor que no parecía capaz de poder contenerlo dentro de su corazón. Era su propio cuento de hadas hecho realidad, más maravilloso que nada de lo que hubiera podido soñar nunca.

Habían tenido que pasar por muchos malos momentos para poder alcanzar tanta felicidad. Todo quedaba a sus espaldas y nada podría ya derrotarlos. Estaban unidos por un amor inquebrantable.

Aleksei estrechó la mano de Gage cuando los dos llegaron al altar. Entonces, tan solo quedaron Maddy y él. Aleksei le agarró la mano y se la llevó a los labios.

—Eres muy hermosa...

Y ella lo creyó.

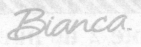
¡Aquel era el compromiso más sorprendente del siglo!

Se comentaba que la chica mala del momento, la célebre Aiesha Adams, había hecho propósito de enmienda. Fuentes internas aseguraban que se hallaba recluida en la campiña escocesa y acababa de comprometerse con el atractivo aristócrata James Challender.

Perseguida por su desgraciado pasado, Aiesha escondía un alma romántica bajo su fachada de dura y rebelde. ¿Pero qué había ocurrido para que acabara comprometiéndose con su acérrimo enemigo? Aislados por la nieve en una mansión de las Tierras Altas, a Aiesha y James no les iba a quedar más remedio que empezar a conocerse…

Cautiva de nadie

Melanie Milburne

Acepte 2 de nuestras mejores novelas de amor GRATIS

¡Y reciba un regalo sorpresa!

PRINCESA TEMPORAL

OLIVIA GATES

Cuando el rey ordenó al príncipe Vincenzo D'Agostino que se casara, él supo que solo había una mujer posible: Glory Monaghan, la amante que lo había traicionado seis años antes. Así, complacería al regente y conseguiría a la mujer que no podía olvidar. La propuesta de Vincenzo era lo último que Glory esperaba, porque sentirse rechazada por él años antes casi la había destruido. Pero no tenía otra opción. Convertirse en la esposa de Vincenzo salvaría a su familia.

¿Se entregaría a la pasión del príncipe de nuevo?

¡YA EN TU PUNTO DE VENTA!

Una mujer inocente en la cueva del lobo...

Aquella noche, en las mesas de juego del selecto club Q Virtus, el despiadado multimillonario Narciso Valentino iba a aniquilar, por fin, a su enemigo. Pero una sola mirada a la azafata que el club le había asignado para satisfacer sus necesidades le bastó para posponer la venganza en favor de otra emoción totalmente distinta.

Ruby Trevelli, una cocinera de gran talento, estaba allí para obligar a Narciso a salvar su futuro restaurante, no para entregarle la virginidad. Sin embargo, por debajo de la sexy fachada se ocultaba un hombre torturado que no creía en la posibilidad de redimirse, por lo que Ruby pronto tuvo que enfrentarse a la atracción que despertaba en ella aquel playboy.

El festín del amor

Maya Blake